浙江有意思

"浙江有意思"系列

总策划 王 寒

柴隆 著

宁波有意思

浙江工商大学出版社·杭州

作　者　简　介

柴　隆

关注人文历史，以写作的方式接近城市的真相；深入市井生活，孜孜以求寻找城市的遗迹。从阅读中体会书香，在写作中感悟宁波，这一切都源于对宁波这座历史文化名城的深深热爱与眷恋。夕阳西下的寻常旧巷，沧桑厚重的文化底色，浓郁的人间烟火味，都让他有了用文字描述的冲动……

代表作有：

《宁波老味道》

《江厦观潮》

《千年郡庙》

1

"书藏古今,港通天下——中国宁波",把书当作城市形象口号,宁波在全国当数第一。一座文化深沉的城市,令人心生敬意;一座书香萦绕的城市,令人心生向往。港是宁波的生命所系,港兴则城兴,港通则天下通! 在浙江十一座城市的广告语里,没有一个像它一样,可把物质和精神层面的东西一网打尽,似乎国内除宁波外还没有一个城市能集"书籍"和"贸易"的特色于一身。

2

宁波是全国十四个沿海开放城市之一,计划单列市,副省级城市,行政级别要比隔壁绍兴、台州高,与省和直辖市只差了半级。这个半级,给宁波带来了较高比例的财政留成;这个半级,给宁波带来了"较大"制定政策法规的权力;这个半级,至今为宁波发展锦上添花。杭州的车牌以"浙A"开头,宁波的车牌以"浙B"开头,宁波在浙江省的地位如何,不言而喻。

宁波有意思

3

前些年,央视制作的《上下五千年》播出,全国人民看得津津有味很过瘾,宁波人却坐不住:不对啊!应该是上下七千年!一部中华民族文明史,我们宁波河姆渡书写了第一页。

河姆渡遗址中,稻谷和干栏式建筑的发现,修正了我国学术界把黄河流域作为中华民族唯一摇篮的结论,确认了长江流域是中华民族另一个发源地,使得河姆渡文明有了与黄河文明相抗衡的资格。宁波人足足提早发育了两千年,他们能不聪明吗?

河姆渡遗址博物馆入口,装饰为"双鸟朝阳"纹

4

要说宁波的人文底蕴，一个天一阁的分量就足够重了。"南国书城"天一阁是我国现存最早的私家藏书楼，背靠一整个都市的繁华，脚踏明州城千年沉积的土地。藏书楼的主人范钦，以他多年的藏书之举成全了一座"书香"的城市。"读书、著书、藏书"三位一体的藏书文化，熏陶了一代又一代的宁波读书人，层层书页间折叠着四百多年的沧桑，吸引着天下的文人墨客前来观瞻。

有这么一根文化标杆，是宁波的幸运。天一阁，让宁波这座带着海腥味的港口城市散发出浓郁的书香，让宁波的大街小巷充满了文化味。

5

四明迁客张孝友画了一轴《南乡旧梦图》，描绘出一幅老宁波风情画——"江南祖屋，临街枕河，枇杷门巷，秋桂金馥，轩窗盈翠""香斗供桌，妇孺拜月，河港波暖，桥塓夜市""菊园箫鼓，画舫吴歌，临水楼台，花鬟云影，芳城不夜"，包括了船舶、石桥、鱼米、药材、梅雨、社戏、马头墙、藏书楼……所有江南印记、所有江南风物、所有江南味道、所有江南风雅……宁波都能一一对上号，你若到了宁波，便可会意。

张孝友入南乡旧梦

6

　　在中国沿海各大城市中，宁波像是个提早发育的孩子，是一个不折不扣的"早熟品种"：当宁波沐浴河姆渡的文明曙光时，我国海岸线上的先民基本处于文明的空白；当宁波先秦时期设县建制，广州还是邻近番禺的宁静村庄；当宁波唐代建州（相当于今天的地级市），已是"海外杂国，贾舶交至"的繁华城市，当时的上海还只是一个海滨渔村；宋代，宁波已成为闻名国际的四大港口城市之一，天津还是一片滩涂；及至近代宁波作为"五口通商"被迫开埠，青岛、大连等城镇化才刚刚起步，更不必说改革开放后才崛起的深圳。

7

跟人一样,城市也有别名、雅号或者绰号。

比如广州叫花城,重庆叫山城,南京叫石头城,城市的性格活灵活现、呼之欲出,让人浮想联翩。唯宁波,好像没有个像样的性格方面的绰号,"甬城"有点拗口,"明州"有些大众化,倒是"句章"这个称呼,有点花头。古代宁波建制沿革,鄞、鄮、句章三县的历史源远流长,"卧薪尝胆"的勾践要向后代子孙彰显自己灭吴封伯的功绩,将原有南方边地的"句馀",扩大而改称"句章"。句者,勾践自称也;章者,彰其封为伯爵之功。能把"句章"两字读得准确无误的,也许只有宁波人自己。

8

鄮县,似乎被人遗忘多年,这个"鄮"字也不好写。传说秦始皇东巡观沧海在鄮县逗留。千年"它山堰"水利工程作为世界遗产申报成功后,鄮县县令王元暐的丰功伟绩,似乎唤起了宁波人集体对鄮县的追忆,于是这块金字招牌重新被擦亮。

要数鄞州区人没忘本,新区的道路命名,接连取了几个鄮城东路、鄮城中路、鄮城西路之类的好名字,只可惜,海曙"鄮城饭店"摇身一变为"锦江之星",想当年,"鄮城饭店"好歹也是宁波召开"两会"的指定饭店。从句章、鄮、鄞的这些古老称呼中,就可以看宁波的底子并不薄。

9

宁波，这个一直叫到现在的正式地名，听着挺新潮，但究其实，已经有了六百多岁的年纪。这名字由鄞县人单仲友提议，诞生于明朝洪武年间（1368—1398），为避讳国号，他建议将"明州"改为"宁波"。这个马屁拍得恰如其分，讨了开国皇帝的开心，所以朱元璋亲自拍板，将"宁波"的名字定了下来。

"明州"是宁波的古称，但宁波的古称，当然绝不止"明州"这一个，只是"明州"这个名称好听又好记，所以但凡肚子里有几滴墨水的宁波人，多多少少都会稍稍附庸风雅地自称"明州人氏"来显摆点历史文化的底子。

10

说起宁波人，给人的第一印象就是会挣钱，这种本领从先人那里传承下来。从唐朝开始，宁波的"明州商帮"，就北上高丽、日本，南下东南亚、阿拉伯海，驰骋国际商贸舞台。"宁波商人"有着"中国犹太商人"的美誉。

宁波人虽然富有却低调得很，赚了满盆金，依旧会过朴素的生活，从内到外都散发出"低调奢华有内涵"的气质。宁波人养成"富而不露"的性格，常常发财后仍然过着简朴的生活，让外人很难弄清他们到底有多少家财。你看，身边走过一个穿着大裤衩、趿着拖鞋的主儿，搞不好转过街角，他就钻进一辆"大奔"呼啸而去……

11

在中国近代历史上,有这样一个群体:他们以其雄厚的经济实力与杰出的经营才能称雄中国商界达半个多世纪;他们在创造巨大物质财富的同时,形成了自己独特的精神风范和文化特质;他们以独有的儒商气质和拳拳的赤子之心,在中国经济发展史上留下了不朽篇章;他们的数次华丽转身,也书写了世界经济舞台上的壮丽史诗。这群人,拥有同一个名字——"宁波帮"。

"宁波帮"可不是"黑帮",长年在外埠经商的宁波人,结成了"同乡会"性质的群体,这就是天下闻名的"宁波帮"。这让出门经商的宁波人有"找到组织"的感觉。

12

如果说上海是一名西装革履的绅士,杭州则是一名知书达理的大家闺秀,宁波就像是一名沉稳机灵的水手。为什么香港的几个船王都是宁波人?那是因为宁波与海运的缘分。而"海上丝绸之路"的始发点有宁波。明代郑和下西洋的宝船也是在宁波造的,宁波还有一条专门造船的"战船街"。宁波要是不出船王,天理都说不过去。

宁波有意思

13

走南闯北的宁波人，如同漂洋过海的船只，无论停靠哪个港湾，罗盘永远指着家乡方向。他们赚到钱之后，既不把财富都铺排在"五蝠（福）捧寿""马上蜂（封）侯"一类的自我满足之中，也不把金、银元宝都埋在自家的屋里地下，更不喝酒吃肉、拉队伍抢地盘……宁波人赚的钱有两个出路：一是投资扩大再生产；二是办义学修水利做慈善助乡梓。这些传统从叶澄衷传到包玉刚、邵逸夫、赵安中乃至于他们的儿女辈身上……很少听说过有发达后挥霍无度的宁波人，而毁业败家的宁波人几乎没有。造福桑梓情系故乡，是他们的共识。

"五金大王"叶澄衷

TVB创始人之一邵逸夫

『船王』兄弟包玉刚、包玉书

宁波有意思

爱乡楷模赵安中

14

温州人从风险中看到机遇,宁波人则是从机遇中看到风险。温州人手里有两块钱要当作四块钱花;宁波人手里若有两块钱,一块钱是要留底的。宁波商人奉行的经商法则是稳健经营。他们宁可少赚钱,也不会去冒无谓的风险,他们几乎不做投机性生意,每笔业务力求稳妥可靠。经营中不可预测的风险除外,凡是可以预测到的,甚至仅是有可能出现的风险,他们都一律坚决避免。

因此,与宁波人做生意时,大家要注意如下几点:不要引诱他们去做投机的事情,力求给他们稳妥可靠的印象;当进行风险投资时,争取与他们合作,他们的稳健作风可以规避一定的风险。

15

都说上海人精明,而这精明是宁波人带过去的。比起上海人,宁波人的精明,更表现在"重商也有理论基础",王阳明能为商人写墓志,黄梨洲主张"工商皆本"。向外开拓、勇于闯荡就是历史上宁波人的一个显著特征。说宁波人脑瓜灵光,是有渊源的。从唐朝开始,他们就借舟楫之利,远涉重洋,北上日本、高丽,南下东南亚,与海外各国进行贸易往来;明朝时期,著名的商业群体"宁波帮"开始登上经济舞台;近代辛亥革命结束后,"宁波帮"更是达到了鼎盛时期,甚至一度以人数优势"占领"了上海滩。

他们的足迹遍布全国乃至全世界。中国第一家机器轧花厂、第一家榨油厂、第一家火柴厂、第一家机器制造厂和第一家银行……那些熟悉的中华老字号,如北京同仁堂,上海老凤祥,还有亨达利和亨得利两家钟表公司,《申报》等报纸都是由宁波人创办的,他们的开拓创业精神在令人惊叹的同时,也为近代中国经济的发展做出了不可磨灭的贡献。

16

一城烟雨半东南,描写上海之大;全城烟囱三支半,形容宁波之小。不少宁波人,看到甬江的感觉就像见到黄浦江。百年来一代代宁波人从这里出发,坐一夜轮船到达上海十六铺码头。这条江和上海的关系极其密切,如同脐带一样,把宁波和上海这两个城市联系在一起。

在上海,有数以百万计的宁波籍人及后裔。今天的上海人一直乐于将宁波人称为"小宁波"。上海城市崛起过程中,发挥中流砥柱作用的正是这些"小宁波"。拿宁波与上海来说,"阿拉上海人"跟"阿拉宁波人"是血缘相亲、商缘相融的一家人,遗憾的是,襄王有梦,神女无心,宁波接二连三地靠跨海大桥、跨海铁路对接上海,而上海未必这么大方,上海的资源和人口外溢,有更多的选择,譬如苏州、嘉兴。随着在上海闯码头的老宁波人相继过世,就和香港"宁波帮"一样,后代都已融入异乡,与宁波人的情感上的共鸣似乎比往年淡了几分。

17

孙中山的第一套中山装,就是宁波人做的。开国大典上毛主席穿的中山装也是出自宁波人之手。宁波男人的手比女人的还要巧。

很多外地人初识宁波,可能是从一件时尚而体面的衣服开始。改革开放的春风吹拂宁波后,雅戈尔、罗蒙、杉杉、太平鸟、培罗成、GXG、唐狮、洛兹等宁波服装品牌如雨后春笋般萌发。服装构成百姓幸福感的核心要素,色彩斑斓的宁波服装业引领中国服装业的发展。宁波现代服装企业的关键技术装备一直处于国际先进水平。宁波服装企业不会生产"地摊货",他们不会搬起石头砸自己的脚。

中国的第一套中山装,是宁波"红帮"裁缝试制完成的

18

称"秀才不怕衣衫破,只怕肚里没有货"的宁波人还是挺重视文化教育的。宁波人给的总体感觉是有"灵气",毕竟吃鱼长大,脑子好使。这不,几十年间冒出了一百多位两院院士和一个诺贝尔奖得主屠呦呦,宁波成为全国院士最多的城市,扛回"院士之乡"的美称。

　　追根溯源,浙东学派的务实求真心理影响了一代代的宁波人,所以宁波出院士、出科学家,宁波人可以自豪地说,按人口比例计算,全国约九十万人中才有一位院士,阿拉宁波呢,约七万人中就有一位。令很多宁波人想不明白的是:有真才实学的屠呦呦,她为啥不是院士?宁波出了那么多的名人,为什么都在外地闯荡?什么时候宁波本地出几个丁磊、吴晓波?

<h2 style="text-align:center">19</h2>

　　宁波人做起事情来,一向是大手笔、大格局的,为了减少宁波到上海三个小时的往返车程,索性投资一百多亿元造了"杭州湾跨海大桥",

杭州湾跨海大桥一景

没有依靠国家投资,来自民间的资本占了一半,包括雅戈尔、方太厨具、海通集团等民营企业都参与了大桥的投资。

杭州湾跨海大桥全长约三十六千米,比连接巴林与沙特的法赫德国王大桥还长约十一千米。虽然,杭州湾跨海大桥的名字,让不知情的人以为是杭州的,但宁波人根本不会计较这些。

20

宁波人有"黏性",那是因为宁波的先人们几乎世代都在惊涛骇浪中捕鱼度日,与风浪搏斗的谋生方式培养了合作精神,险恶的生存环境激发了宁波人的群体意识。宁波人意识到群体是个体的依靠,因而特别注重同乡友谊、团结合作。

所谓"黏性",就是善于团结、善于互助、善于凝聚。"同乡三分邻,同姓三分亲",在近代中国乃至国外,凡是有宁波人活动的地方都有同乡会一类的组织。譬如,上海的四明公所成为宁波人进入上海商界的一个主要途径。做生意历来如同打群架,单打独斗就会挨揍!为啥宁波人那么爱吃汤团?大概宁波人的团结精神就像宁波汤团一样,抱团之后才会产生浓浓的黏性。

21

东方风来满眼春。1984 年,改革开放的春风吹拂宁波三江口,世纪伟人邓小平伸出两个手指头,称赞宁波的两大优势——"一个是宁波港,一个是'宁波帮'"。总设计师小平同志一语点破了宁波发展要领，这是何等的眼光和魄力！

22

宁波人常说的一句话是"下饭呒告，饭吃饱"，意思是没什么菜，饭要吃饱。你看看，宁波人的精明中透着务实。宁波人重实效，不爱空谈，崇尚少说多做、埋头苦干，即便发个财，也一律"闷声发大财"。"吃得苦中苦，方为人上人"的人生信条成了几代"宁波帮"谋生存、求发展，同困难环境进行斗争的有力武器。宁波商人叶澄衷、虞洽卿、包玉刚、应昌期，无不是一步一个脚印地埋头苦干最后成就辉煌。更为可贵的是，成为商界巨子之后，他们仍不事张扬、低调务实。

要说血性，宁波人是比不过隔壁的绍兴人和台州人，但宁波人有一种踏实的性格特质。

23

从《长江 7 号》到《搜索》，从老外滩到南部商务区，还有象山影视城，越来越多的大牌导演喜欢到宁波取景。当红明星轮番来宁波，宁波的知名度也越来越大，不说不知道，像王丹凤、洪金宝、陈思思、周星驰这样祖籍宁波的知名中国电影人竟有一百多人。

中国第一家自主制片的影片公司、中国第一部故事片《难夫难妻》、中国第一部有声影片《歌女红牡丹》，出自宁波人之手；1933 年邵逸夫四兄弟创办天一影片公司；1949 年宁波人袁牧之出任中央电影事业管理局首任局长；1956 年宁波人桑弧执导了中华人民共和国第一部彩色故事片《祝福》……中国电影史上诸多的"第一"都是宁波人创造的。可是在《星光大道》《中国好声音》这样的选秀节目里,几乎看不到宁波人的身影,宁波人好像生来没有那种"闹腾"的性格,他们集体缺少"人来疯"的基因。

24

炒股不识"解放南",便是神仙也枉然! 你懂的。

20 世纪 90 年代后期,宁波解放南路的天一证券和银河证券营业部,多次有"涨停板敢死队"的上榜记录。一批成长于股市蛮荒年代的技术派高手,并非科班出身,却有超人的市场嗅觉和胆魄。他们凭借对股市的狂热追求,依靠追击涨停板的操作手法,在中国股市中脱颖而出,被封为"宁波涨停板敢死队"。徐翔成为"宁波敢死队"的非正式队长,他败落的一刻,平淡得惊人,在杭州湾跨海大桥被抓时,人们才得以一睹"徐教主"的真容。

丰沛的民间资本必须要寻找出路,一旦和宁波人求稳的个性结合起来,固定收益类的投资风行宁波,出现徐翔之类的人物也就不足为怪。直到今天,资本增值的内在需求,让钱包鼓鼓的宁波人有点烦恼。

25

宁波人丁磊和杭州人马云的风格迥异:网易的"小清新"与内敛完全不同于阿里的大开大合、狂飙突进。最后的结果是:阿里摇身变成了罗马帝国,开疆辟土;网易则活成了南宋,偏安一隅。

最近这几年,似乎在任何公开场合,我们都没有看到丁磊与马云同框,虽然都是浙江人,虽然两家公司总部都在杭州。人们也发现:当年苦哈哈的马云变成了在台上挥斥方遒的教主,而丁磊依旧是笑口常开的丁丁。宁波人丁磊的特立独行证明了一点:中国互联网的创业者们,不仅仅只有马云一种成功的模式,如果你想活得更加自在与自我一些,那就像阿拉丁磊那样吧!

26

宁波的位置不差,从中国地图的位置看,处在沿海中部,更是处于太平洋广阔水系的开阔处和黄金点;从区域位置看,位于长三角这个中国经济活跃度最高的区域内,并且本身也是长三角的重要组成部分,同时又是沿海的长三角对外的南线咽喉之一。

改革开放四十年后,新一代甬商背负着"宁波帮"的精神财富,以更开阔的视野、更先进的理念,与城市同频共振,传承着老一代"宁波帮"精神,搏击商海,勇立潮头,敢为天下先,敢吃天下苦,敢闯天下路,敢争天下强,承袭祖辈创业基因,书写着新的辉煌传奇——2018 年,宁波以约全国 1‰ 的土地面积、约全国 1/200 的人口,贡献着约全国 1/84 的 GDP 和 1/36 的进出口总额,这份成绩单几乎没有水分。

27

宁波商人的事业,经常是总部自己开设,而下面的分部或者行业务关系的上下游,通常不会由自己来管。他们只抓重点,自己没有能力做的,就会大方让别人去做。或许正是这种"大开放、大合作"的经营哲学,造就了宁波众多工商巨子。宁波人追求的是大生意,而且是要在大城市做大生意。宁波人不会去偏远的山村和小镇进行商业活动,他们注重的是涵盖面广、辐射强、交通发达的商埠。在这些繁华都市中做生意,就有如控制商业的制高点,因而就具有了全国性的影响力。

宁波人也不会在大城市做小生意,俗谚云"宁波大老板、温州小老板",与这种大气度相配的是,宁波商人只管大的不管小的。

28

外地人和宁波人攀谈时,千万不要以为宁波人只想着赚钱,切莫再提宁波有历史没文化。再要嚷嚷宁波是一块文化沙漠的话,会遭到他们的集体抗议:嗒!阿拉宁波有以距今七千年的河姆渡遗址为代表的源远流长的史前文化、以天一阁为代表的博大精深的藏书文化、以白云庄为代表的思想深邃的学术文化、以保国寺为代表的建筑文化、以它山堰为代表的杰出的水利文化、以上林湖越窑遗址为代表的独具神韵的青瓷文化、以庆安会馆为代表的见证繁荣的商贸文化、以天童寺和阿育王寺为代表的古刹丛林的宗教文化、以镇海口海防遗址为代表的雄洋壮阔的海防文化、以浙东抗日根据地为代表的充满硝烟的革命文化……

这些历史文化系列串联的脉络,形成了以三江历史廊道为核心,海港和水乡相结合的独特的文化地理构架。宁波人照样可以掰着手指头，把家乡的文化说得头头是道，不服可以来宁波走一走，辩一辩。

29

当年，总设计师邓小平同志讲了句"把全世界的'宁波帮'动员起来建设宁波"的经典之言。国务院还专门成立了"宁波经济开发协调小组"。对一个城市设置如此高规格的机构，共和国历史上罕见，国务院为一个城市专门设立领导和协调机构，即使不是绝后的，也可能是空前的。

改革开放初期，宁波几乎每一次都能抓住发展的机遇，搭上利好政策的顺风船。

30

多年的改革开放下来，宁波话也与时俱进。某个小区的宁波老太太，看天气晴好，将被子压在一棵小树上翻晒。一老外看见后觉得老太太不爱护树木，冲着她叽里咕噜了一顿，宁波老太太不紧不慢地、微笑着回应一句："还没燥嘞（还没干呢）！"老外一听是"I'm sorry"，不吱声就走了。

31

自河姆渡饭稻羹鱼，至三江口以舟作马，世代生活于"中国历史文化名城"的宁波人,大概骨子里太过于实在,所以学术人才多于文学创作人才。当然宁波也有搞文艺的,远有吴梦窗、张小山、屠赤水、姚梅伯,近如余秋雨、冯骥才、於梨华,都可以跻身优秀创作者之列,但这个城市还是缺一丁点儿文艺气息的,而不乏大批大批的学术应用型人才,如王应麟、王阳明、黄宗羲、万斯同等等。浙东学派则是近三百年来非常有名的,拉出来就是一支浩浩荡荡的学术队伍。所以,宁波人普遍理工科学得棒,是一块出进士、出院士、出科学家的地盘。但这座号称"院士之乡"的城市,并没有吸引或留下更多的院士效力,多少有点遗憾。

32

凡有井水处,皆有柳词。凡有华人处,必有麻将。"阳春白雪"的天一阁里不仅藏书,还藏着个"下里巴人"的麻将起源博物馆。宁波人陈鱼门发明了一百三十六张的麻将牌,这是宁波人常年在商业交换中艰辛探索凝结成的在四方桌上的"挥斥方遒",之后演变为国民娱乐。宁波人自豪地认为,麻将是继四大发明之后,最伟大、最接地气的第五大发明。宁波方言将"麻雀"读成"麻将",所以很多地方"麻将"也称"麻雀",牌中的"索子"源于船上绳索的渔网,添加"风牌"也是受宁波航海业的启发,打鱼的工具绳索、水桶,就形成了"条""筒"。

宁波麻将技法又体现出国人的智慧。讲究看上家、盯下家、防对家,除根据自己拥有之牌决定基本打法外,还要判断其他三人牌情,以决定跟牌、出牌、钓牌。宁波人期待有朝一日,麻将能被列入奥运会比赛项目。

宁波有意思

宁波是麻将起源地

33

宁波老字号的名字很有特色，用词中性，一般不会自褒自奖，宁波人不会将一个澡堂子称为"南国浴霸"，也不会将一个理发店称为"美容大世界"。"老三进"之类让人有货真价实之感，而不屑用"正宗""祖传"的噱头，"昇阳泰""东福园""状元楼"是留给顾客祝福颂功的面子，所以菜单上一律不注明"招牌""金奖"的字样；在"寿全斋""冯仁堂"中可揣摩出宁波文人的雅趣，不需打着"道地药材"的幌子。

　　宁波老字号的名字,不怎么会卖弄风骚,人家要的是曳地长裙下款步盈盈的婀娜、含而不露的性感。宁波商家深谙此道,文化浸润久后,渐近儒商,招牌一挂便文绉绉起来,这些百年老字号,一听就让人信任、信服,而卖汤团的"缸鸭狗"是一个剑走偏锋的另类。

<h2 style="text-align:center">34</h2>

　　宁波人好像跟狗较上劲了,天津有"狗不理"包子,宁波有个卖汤团的"缸鸭狗"。宁波人在东门口遇到外地游客,十有八九会被他们问道:"请问,'缸鸭狗'汤团店怎么走?"好像在他们心中,非要吃碗汤团才算不枉来宁波一趟,吃正宗的宁波汤团则要去百年老店"缸鸭狗",外地游客已经将这些功课提前做足。

　　百年老店"缸鸭狗"的主人是奉化人江阿狗。他虽识不了几个字,但脑子活络,将人名作为店名,叫人在招牌上绘了一只水缸、一只鸭子、一只狗。招牌好记,自然引起"吃货"们的广泛兴趣和传播,吸"粉"

"缸鸭狗"汤团粉白、质糯、汤清、形美、味甜

无数。有情有义的"吃货"们,还给"缸鸭狗"编了一段顺口溜:"三更四更半夜头,要吃汤团缸鸭狗。一碗落肚勿肯走,两碗三碗上瘾头。一摸铜钿还勿够,脱落布衫当押头。"一传十,十传百,"缸鸭狗"名气更大了。

以前,江阿狗先生怕汤团不甜,桌上专门放个糖罐;如今却是怕汤团太甜,附带榨菜一小碟,谓之吃完汤团后"咸咸口"。

35

宁波人一下子跟你说起普通话,那是为了和你保持距离。他们不像温州人那样说"鸟语",而一旦任性起来,口中就会冒出一连串的"倒头话":好端端的"客人"不叫,叫"人客";"暖和"不说,说"和暖";将"力气"说成"气力";将"热闹"说成"闹热";"着火"叫"火着","螺蛳"叫"蛳螺","冰棒"叫"棒冰","还给你"叫"拨侬还"……这种倒装式的说法,常使初来乍到的外地人摸不着头脑。

36

一个东北大姨到宁波人家里做客,问主人的孩子,宁波话里"螃蟹"怎么说。孩子说:"哈。"她重复:"乖,告诉阿姨你们螃蟹到底怎么说?"孩子说:"哈。"她无奈地问:"那'鱼'怎么说?"孩子说:"嗯。"她奇怪地问:"'虾'怎么说呢?"孩子说:"呼。"她又问:"那'鸭'怎么说呢?"孩子说:"啊!"她重复:"'鸭'怎么说?"孩子说:"啊。"

她很同情地看看孩子,心想:"多俊俏的一个孩子啊,真可惜了,原来是个哑巴。"

宁波话为吴语方言,对上海话影响很大

37

　　宁波的机场叫宁波栎社国际机场,是一个以村庄地名命名的国际机场。这个栎字,难记难认,很多人不会读,读半边会读成乐字,于是"栎社"机场成了"乐社"机场。那些从广州、香港、海口、台北来宁波的客人,一落地嘴里就冒出听上去像"垃圾"的机场,除了"栎"字生僻,还要怪他们的发音。外地客人一下飞机看见取行李的地方,觉得宁波的机场像西部的一个小机场一样,这也许是他们对宁波的最直观感受。老实说,对于一名在宁波工作生活多年的人来说,我心里是颇不舒服的，但你又不得不词穷。宁波栎社国际机场的落后也许是近年宁波城市发展速度放缓的一个缩影。不过，每逢市"两会"召开时，时常有代表和委员冒出将栎社改成"阳明"的呼声，而宁波机场第三期扩建工程目前也在有条不紊地推进。

38

"宁波制造"这块牌子蛮硬的。那个制造业唱主角的时代，宁波经济在跑步前行，工业产值在 20 世纪 90 年代中后期迅速超越杭州。最好的时候，宁波与杭州的财政收入差距不到二十亿元。省里各部门对宁波总是高看一眼，对能干、内敛又富有创新精神的宁波人充满好感，创新试点喜欢放在宁波，经验调研喜欢往宁波跑。生产了中国四分之一西服和衬衫、四分之一文具和三分之一小家电的宁波，成为中国未来制造业的样板。国务院选择宁波为"中国制造 2025"首个试点示范城市，也是对宁波长期以来坚持制造业转型升级、推动制造业创新发展的认可和肯定。

39

中国历史上最伟大的"驴友"，非徐霞客莫属。他既非宁海人，也不是宁波人，但外地人去宁海旅游，走在"徐霞客大道"上嚼完几个"霞客饼"后，一般都铁定把徐霞客当成宁海"土著"，其实人家是江苏淮阴人氏。这真是冷不丁就被宁海人忽悠了一把。

宁海人顿顿有海鲜，摄取的"脑白金"含量高，脑袋活络不说，特别善于借光,这些年,炒徐霞客的热情丝毫未减。"让徐霞客告诉世界,中国有个宁海!"这就是宁海人看完《徐霞客游记》的读后感。凭借《徐霞客游记》"癸丑之三月晦,自宁海出西门"的开篇,宁海人肯下苦功,在这十二个字上做足文章,索性将滨溪路改成"徐霞客大道",将一块麦饼改成"霞客饼"……一石激起千层浪,初步尝试且得到事半功倍回报的宁海人,集体倡议把《徐霞客游记》的开篇日(5 月 19 日)定为"中国旅游日",在 2011 年,还真得到了国务院的批准。谁能料想,"中国旅游日"就是从浙江的这座滨海小城发轫?

40

宁波老三区,指的是海曙、江东、江北三区,它们是宁波最早的三个市属区,围绕着三江口这个辐射点扇形展开,三块区域唇齿相依,三位一体。老三区的人民有一种与生俱来的优越感,总抱着自己是各县(市、区)眼里的"城里人"思想,由于这里荟萃了各县(市、区)的精英,所以显得多一些灵气。不过,在以前,户口只要在老三区,找女婿、娶媳妇,爹妈不愁、不操心。

在 2016 年的行政区合并调整中,唯大江东去——江东区划给鄞州区,多年"桃园三结义"的老三区撤下江东——鄞西划给海曙。这感觉,好像城里的外婆家,一下子挤进了几个乡下亲戚。

41

海曙,在市行政中心搬往东部新城之前,一直是扮演"大哥大"的角色,一度是宁波的政治文化中心,说白了就是宁波城区的心脏。久居海曙,我如同熟悉自己的掌纹一般,熟知周围的大街小巷。唐长庆元年(821),明州刺史韩察以鄮江"地形卑隘",移州三江口附近,构筑城墙,而鼓楼正是当年子城的南城门,倘若海曙的风水不好,何必大老远地迁州治于此?

甬上的风土人情,明州古城沉淀其中的岁月和故事,在海曙几乎能一网打尽,它们如水映月,随处可见,稍作仰首,即可领略。单单天一阁、鼓楼、天封塔、城隍庙、月湖、南塘老街就足以浓缩一本宁波文史讲义。一句"走遍天下,不如宁波江厦"足以让每一个宁波人引以为傲。很多宁波人如同孙悟空跳不出如来佛祖的手掌心,一直迷恋着、深爱着海曙这个文化坐标。

42

大概全国叫"江北区"的地方太多了,所以宁波人对"江北"的称呼,喜欢在其后加个"岸"的后缀,一概说成"江北岸"。似乎流传着一个陈旧的观点:英国人创造了江北。实际上,史书上记载宁波最早的一个城市——"句章城",就在江北,可以算得上是宁波城的前身。

1844年,宁波开埠。宁波码头原先在城墙根的东门口。可偏偏英国人驶来的船只不是舢板,而是大船。船大得无法驶入江厦码头。早先世界上的船,进入甬江必须逆水停靠。这两点巧合迫使英国的大轮船必须在江北岸一隅滩涂停机抛锚,这样宁波城的码头就往北移了千余米,从东门口移到了江北岸。于是江北再也不是"晒网稻花鱼"的江村,滚滚江涛走白沙,演绎了宁波大剧院的恢宏大气,白沙码头的海鲜诱人,外滩的灯红酒绿。各种情调满满的咖啡馆和酒吧里,一下子挤满了"歪果仁"。来一趟江北,宁波人的脑子和肚子,永远不会落空。

43

江东,在中国,几乎是一个人文地理名词,在不同时期有不同的定义。改革开放的四十年里,宁波江东区的发展像荡漾开的水纹,快速向外辐射,区政府最先喊出"最大限度地支持经济发展,最大限度地简化办事程序"的响亮口号后,就有"街巷总理"俞复玲穿梭的身影,江东的社区无疑是幸福宁波的缩影,江东区一直是宁波服务业中的老大,宁波人下馆子、购物、装修都爱跑江东,许多老人为省钱常去江东的大超市淘宝,常常倒换几辆公交车也不怕折腾。

所谓分久必合,合久必分,在江湖上混久了,迟早也要还的!2016年,出于宁波发展的大局,江东区重新"回归"鄞州区,从此甬城再无"江东区",百万"江东父老"重新变成鄞州区人,除了美好的回忆,更多的是对新鄞州区的期盼,而高档住宅小区"万科·江东府",可能要考虑改名了。

44

一直以来,北仑区与港口同呼吸、共命运,北仑的崛起成就了宁波走向大海的梦想。北仑一方面是宁波的工业支柱,纺织等产业布局星罗棋布,一方面港口为宁波创造了巨大的经济效益。轨道交通1号线贯通后,北仑潜力无限:正在建设的梅山新区,"东方大港"景区和国际赛车场,令人期待!

老天对北仑有多厚爱啊! 苏伊士运河、京杭大运河都是挖出来的,而宁波北仑港不需要挖,天赐的深水良港,常年不结冰、无淤泥,且以舟山群岛为天然屏障,受台风的影响很小。处于中国大陆海岸线中部、南北航线和长江黄金水道"T"字形结构交会点的北仑港,占尽天时地利,拥有出众的区域地位、经济腹地,从 20 世纪 80 年代初的宝山钢铁基地,到地方内河港,再到洲际大港,北仑港实现了惊人的"三级跳"。北仑港,在宁波当代经济史上就够添上浓重的一笔!

北仑港码头一隅

45

镇海,处在大陆与东海澎湃相击的入海口,翻江倒海的甬江水奔腾不息,被当地人称为"蛟川",再形象不过了。在宁波下辖的十个县(市、区)中,镇海地域不大,人口也不算多,但"宁波帮"这个近代中国的著名商帮群体,在镇海区覆盖得最集中,名人数量最多。镇海人的血脉里,流淌着天然的商业DNA。他们乘时代潮流脱颖而出、创造辉煌。一大批镇海人的名字——方椒伯、傅筱庵、叶澄衷、俞佐庭、包玉刚、邵逸夫、应行久、张济民、赵安中等——纷纷载入了中国近代百年经济史册。

所以,宁波帮博物馆落地思源路,宁波大学落地宁镇公路,也就不奇怪了,这些都当之无愧,镇海本来是"宁波帮"的精神地标,宁波能获批计划单列市,不可忘记镇海人的功劳。

46

鄞州区,很多人不知道"鄞"的读音。来了一个王安石,"鄞"被广而告之。"无鄞不成甬",但凡宁波人都知道这句话,言下之意:鄞州区是宁波的老祖宗。在2002年前,这里还只是鄞县,是一个没有县城的县。

鄞县,曾是王安石变法的一块"试验田"。被列宁称为"中国11世纪的改革家"的王安石,在鄞县完成了水利法、青苗法、保甲法等变法的"初稿",也为宁波开创了一个"教育与知识"的时代。青苗法以及一系列理财经济政策,使素有商贸传统的鄞县形成了农商并重的社会氛围,并为 19 世纪后鄞县商人成为天下第一商帮——"宁波帮"的主体奠定了基础。千年后的鄞州区,经济社会发展持续领跑浙江,走在全国前列。从发展集体经济到外向型经济,从发展工业经济到都市经济,鄞州区始终稳居全省前列。王安石治鄞千日,鄞州区受其影响千年,碰上千年一遇的父母官,鄞州区实在太幸运了。

鄞州区又是一个标准的"白富美",整个区洋溢着青春活力和时尚气息,拥有宁波最多的高楼、最宽广的道路,是公认的"高品位的商务区"和"高品质的生活居住区"。合并江东后的鄞州区,发展势头怎么挡得住!

47

20 世纪三四十年代,多少军政要员从南京趋之若鹜来奉化晋谒,车如流水马如龙,"宁波帮"和"委员长"带来了无限风光。如今的奉化风光不比昨日差,是集旅游、民营工业、外贸、交通为一体的浙东现代化卫星城,整日是熙熙攘攘的海内外游客。

48

余姚被誉为"文献名邦",宁波其他的县(市、区)不太会有意见。余姚人会思考,为中国的古代文明史立下过汗马功劳。从上古时期的虞舜,到汉代严子陵,到唐代虞世南,到明清王阳明、朱舜水、黄宗羲、万斯同、全祖望，余姚人一思考，往往又会诞生一个中国思想家，所以有"姚江人物甲天下"的美誉。范仲淹多有远见啊，北宋时期就把"东南最名邑"的奖牌颁给余姚。这些彪炳史册的历代名士，为余姚留下了丰富的文化遗产和浓郁的儒气，也让余姚的后代文人辈出，大的如当今文化大雅余秋雨，小的如宁波各部门俯拾皆是的"刀笔吏"们。进入市场经济时代的余姚，古朴的"儒气"和前卫的"商气"相容，儒雅之风与精明之举并存。所以，与余姚人打交道要多长个心眼，太文质彬彬会让他小瞧，太豪放粗犷又会令其侧目。最好是刚柔相济，软中带硬，绵里藏针。

"一部宁波志，半部余姚史"，宁波文化不可避免地要借助余姚撑场面，所以宁波的首条城际铁路，最先接通余姚。"吾心光明"的余姚人常常自豪夸耀：我们余姚这块地方，一脚踩下去就有一个故事，每一寸土地都有文化基因。他们真不是吹牛皮，1973年一位农民一不小心，一铲子挖出个七千年的河姆渡！

49

慈溪，出生在茫茫滩涂盐碱地上，底子比别人薄，没啥天赋异禀，获取的政策优势也不多。也许因为在夹缝中生存的缘故，慈溪人有着天生的勤劳和闯劲。改革开放四十年，家底薄弱的慈溪，经济能够迅速地赶超宁波各县（市、区），进而成为宁波经济的第一方阵，靠的就是勤劳开拓，所以能在"深圳速度""温州模式"之后，产生了"慈溪活力"。现在，回头去看一看慈溪的那些名企，十多年前，无不都是家庭小作坊,方太是这样,恒康也如此。2008 年杭州湾跨海大桥的通车拉近了慈溪与上海的距离,慈溪一跃成为长三角南翼"黄金节点"城市、福布斯中国十大最富有县级市之一。慈溪的目标很明确——打造一个"浙江浦东"。

"书藏古今,港通天下"是宁波的城市口号,慈溪索性用"慈惠三北,溪通四海"来代言。本是个以晒盐、产棉、种菜为主的农业县,改革开放这些年,慈溪创造了中国民营经济发展的"慈溪活力",成为浙江民营经济的样板。自然而然,慈溪盛产"土豪",因此慈溪人民的消费水平属宁波第一梯队,那些白手起家,成为人生赢家的大老板遍地跑,名车遍地跑。

50

宁海、象山是宁波的两个县,以前宁海、象山人喉咙是不大响、不大"胖"的,每逢市里开各种会议,两兄弟基本是坐在角落头最后发言。也是,从古至今,相比于鄞州、慈溪等地,宁海、象山的经济不是很发达。财不大,气也粗不起来。不过,现在宁海、象山人喉咙变"胖"了,海洋附加值就是真金白银,人家的蓝天,人家的空气,人家的海鲜,人家的风景,但凡去过的人,谁又能忽略呢?"洗肺"饱餐之后漫步千里绿色长廊,步步是风景;四通八达的交通网络,处处映射着激情与活力。所以那些"天然氧吧""东方不老岛""海山仙子国""宁波鱼舱"的美誉,通通要送给象山和宁海。

象山开渔仪式中,渔民放生祭海

51

经历 2016 年行政区划调整后,宁波下辖海曙、江北、鄞州、北仑、镇海、奉化六区,余姚、慈溪两个县级市,以及宁海、象山两县,随着奉化的撤市设区,宁波重新超过隔壁绍兴,成为浙江市区面积第二大的城市。

话说回来,当杭州从"西湖时代"向"钱江时代"跨越时,宁波从三江口向距离不足五千米的东部新城进军。这好像是两个不同能量级的城市规划手笔,如果宁波新城当时规划在东钱湖畔,东钱湖比三个西湖都大,那里也有山有水的,宁波的城市品位不知道要提升多少!脑洞大开地浮想一下,象山、宁海甚至可以合并成为宁波的一个区,或许宁波滨海城市的梦想可早日实现吧。

52

宁波人性格里绵延三江的潮涌,交融着海水与山水,外表朴实而内心博大,兼容并包,富有激情,善做弄潮儿。从缔造上海,到开拓香港,从中国近代史上无数个第一,到杭州湾跨海大桥横跨南北,北仑港港通天下,左右着中国乃至世界华人圈的商业格局,对于这些,宁波人都是真枪真刀拼出来的,那些"讲讲神仙阿伯,做做死蟹一只",只夸海口而不做事的人,会受到宁波人的集体鄙视。

53

地名,原本是人随兴致叫出来的,随兴一叫变通俗,过于通俗后,譬如"夹皮沟""奶头山"的叫法就有失文雅了。宁波人才不会这么叫呢。徜徉在宁波老城中,独具特色的地名常会使人耳目一新:传统的卖鱼路、鹅场跟,会引发对农耕文明的遐想;三忠巷、华夏巷、尚书街,折射出城市的人杰地灵;念书巷、孝闻街、开明街,表达了城市的价值取向;江厦街、东渡路、药行街,体现出浓郁的港城特征。这些穿越百年的地名,丰富了宁波作为国家级历史文化名城的底色,蕴藏着城市的文化脉络。

我更想说的是,宁波某些传统地名,如战船街、东渡路、孝闻街、呼童街……甚至可演绎出一部跌宕起伏的长篇历史小说。哪条街巷没故事啊?只要稍稍触及它的体温,就能感到历史脉搏的跳动。

54

不要以为只有绍兴是典型的江南水乡，宁波照样可以媲美。"三江六塘河，一湖居城中"，这"三江"是奉化江、余姚江和甬江，"六塘河"蜿蜒于城中，"一湖"就是月湖。想当年宁波城是一座"比威尼斯还威尼斯"的水城，如果用一架直升机俯瞰宁波城全貌，这座梨形的城市，就像浸泡在水中的一个岛屿，日湖和月湖，像两条臂膀把宁波城紧紧抱在怀中。

55

市区拥有一泓湖水，对于一个城市来说是极其幸运的。杭州有风情万种的西湖，宁波小家碧玉的月湖也不错。月湖开凿于唐贞观年间（627—649）。月湖像宁波城区内的一颗最明亮的眸子，镶嵌于市井，绿树环岸，亭阁隐然，形若弯弯半月，湖上十洲胜景和三堤七桥交相辉映。这里是历代文人墨客聚集之地，唐代诗人贺知章、北宋名臣王安石、南宋宰相史浩、南宋著名学者杨简、明末清初史学家万斯同等，曾在这里留下不可磨灭的印迹。宁波人口气不小，还真敢把它说成"浙东邹鲁、教育之所"。

月湖，对于宁波城区百姓来说，不像是一个景点，更像是宁波人自家的院子，空闲的时候就可以来这里走走坐坐，熟悉的一草一木间，几十年的老朋友都在这里不期而遇。白墙黑瓦下，曲径长廊间，宁波人再有不痛快、不顺心的事，月湖边捧一杯清茶，消磨一个午后，肯定就啥事没有了。

56

如果站在一个制高点上俯瞰宁波，怎样才能一眼就认出这座城市？对宁波来说，辨识度来自三江口。

奉化江、余姚江在三江口交汇，合成甬江，再向东北流经镇海的招宝山入东海。一座城市都有属于自己的骄傲和标志，三江口一如上海的南京路和外滩，恰恰是最能代表宁波核心景观和城市本质特色的区域。通商开埠后，西方的事物率先进入宁波，出现了中国最早的外滩、最早的女子中学、早期的使领馆群和西式医院；开出了满街的钱庄，形成了中国早期金融业集聚地。正是在三江口，一座西式钢骨的灵桥横

俯瞰三江口

跨江面,当仁不让地成为宁波的城市地标和象征。

这些年,"三江"的商标和品牌,几乎快被宁波人用滥了。

57

除了擅长打"三江"牌之外,宁波人手里还攥着一个"四明"商标。一群唐代诗人用诗为四明山做了免费广告。骆宾王、李白、杜甫、刘禹锡、元稹……从初唐到晚唐,有一百六十多位诗人写过四明山的山水,四明山当之无愧成为"唐诗之路"的必经之路。

李白梦游登峰望海而高吟"四明三千里,朝起赤霞城",贺知章归隐号"四明狂客"……以及两宋之曾巩、王安石、陆游、文天祥,乃至元明清之赵孟頫、王阳明、文徵明、徐渭、袁枚等官宦雅士皆羁旅四明,流风余韵,终久不泯,遂使四明大地水光山色、人文景观闻名于世。《全唐诗》收录了与四明山相关的诗歌十九首,在这些描摹四明山的诗人中,最让人称奇的是陆龟蒙、皮日休,两人虽未爬过四明山,却也像模像样地作了《四明山诗》九首。

58

宁波的城市风格是个小家碧玉,房价不太贵,该有的配套,几乎都囊括。城中有四季分明的诗情画意,春日里,可去孝闻街扫打落一地的海棠;狂风乱作的夏日午后,站在新芝路期待一场汽车碾碎皂角的"泡沫之夏";文昌街秋日的梧桐叶被阳光炙烤得响脆;再抹一把居士林的冬雪,塞进小伙伴的衣领里,保证他冻得嗷嗷直叫……宁波"土著"一旦离开这座城市，几天后就跟丢魂似的，总觉得心里空荡荡的，乡愁就像一块海绵，吸收着不断涌流的记忆潮水，并且随之膨胀，不断召唤他们回家。

宁波人夸起自己生活的这座城市，总有一种发自内心的自豪感。

59

东钱湖之于宁波，正如西湖之于杭州。当年王安石靠"众筹"治理东钱湖，清除葑草，立湖界，起堤堰，决陂塘，整修七堰九塘，解除了湖区农民的水旱之苦，人与湖得以和谐共处。过了几年，苏东坡为了疏浚西湖，搬来王安石"众筹"的套路，只是苏学士比王荆公还要精明，专门写了一份《乞开杭州西湖状》的报告上书朝廷，还运用度牒"众筹"、义卖字画等方式，有效地缓解了疏浚工程资金不足的问题，手头的资金比王安石宽裕后，才有了一条和西湖十景相映成趣的"苏堤"存世。

东钱湖也有十景：陶公钓矶、余相书楼、百步耸翠、霞屿锁岚、双虹落彩、二灵夕照、上林晓钟、芦汀宿雁、殷湾渔火、白石仙坪。但听上去，总有几个喜欢和杭州的"雷峰夕照""南屏晚钟"套近乎，唯有南宋石刻群的气势独一无二，文臣武将、虎马石兽俱全，自东向西，簪缨缙绅两两面伫立，气势雄伟。宁波人将它们整合成"南宋石刻公园"后，还自豪地将它们称作"江南兵马俑"，口气真不小。

"江南兵马俑"——南宋石刻之武将

60

初中的课本上，有篇纪念"左联"五烈士的著名散文《为了忘却的记念》，读到柔石的时候，现代文豪鲁迅说道："他的家乡，是台州的宁海，这只要一看他那台州式的硬气就知道，而且颇有点迂，有时会令我忽然想到方孝孺，觉得好像也有些这模样的。"

古代宁海隶属台州，方孝孺作为封建皇族内部争斗的牺牲品，他的愚忠不足取，唯有宁为玉碎不为瓦全的气节为后人所敬仰。从方孝孺到柔石，都有一股鲁迅口中"台州式的硬气"。宁海人很推崇祖上传下的这股硬气，常常拿它当染料，来为自己的脸上色，同时总忘不了跟上一句"宁海过去属台州府管"——为了沾上鲁迅先生的光，他们可谓"脚踏两条船"，一只脚踏在过去的台州，一只脚踏在现在的宁波。这不是坏事，前几年，宁海还将"台州式的硬气"评选为宁海精神之一，不过，隔壁台州人要"hold"不住了。

61

潘天寿的画越来越值钱。潘天寿是与吴昌硕、齐白石、黄宾虹齐名的 20 世纪中国画四大家之一。创作于 20 世纪 60 年代的《鹰石山花图》，为潘天寿鹰石图题材的巅峰之作，也是其"中西绘画要拉开距离"理念的最佳诠释。潘天寿的《鹰石山花图》，在中国嘉德 2015 春拍上成交价达到 2.7945 亿元，创国内画家个人作品拍卖新纪录。

一个潘天寿，就足以提升宁波在艺术史上的地位了，更何况还有东方的凡·高——沙耆，那个半癫的画家。

62

宝马、奔驰、保时捷、凯迪拉克……这是如今多少宁波女子出嫁时要"装点门面"的婚车。如果用劳斯莱斯当婚车，那车内的新人似乎今后就可昂首不低头了。

想当年，宁波新娘有个比劳斯莱斯更牛的、世界上最豪华的婚轿——"万工轿"，其历史要比劳斯莱斯早约八百年，源于南宋皇帝赵构与一名宁波村姑的一段传说。南宋以来，宁波姑娘出嫁坐极其豪华花轿的习俗，就这样流传下来了，而从现代制作成本计算，一顶"万工轿"要花两千多万元人民币，一点没比劳斯莱斯便宜。昔时，若宁波新娘们向外人吆喝一声"阿拉当年是八人抬扛，一只万工轿抬进来的"，能有这样的资本，足够她一辈子炫耀了。

63

不要以为宁波裁缝只会做中山装、西服。有一种轻便的节约领，俗称"假领头"，是宁波人对中国服装史的杰出贡献。在凭布票买衣服的20世纪60年代，发明者用了置之死地而后生的灵感来剪裁这只领子。节约领的妙处，在于用最少的布料，维持了宁波人的体面，而且洗换起来也相当方便，不久就传到上海滩。

即使是全国一片"蓝色海洋"的年代，宁波女人一身合体的蓝，配上剪裁精致的节约领，一头用牛皮纸卷过的卷曲长发，照样可以风情万种。节约领是宁波人对生活质量精心策划的成果，是对生活智慧的高度概括。与节约领有异曲同工之妙的是绒线领头，贴在女性大衣领子上面的，用毛线编结，既保暖又时尚，还能使大衣领子免遭污损。宁波有不少闻名全国的服装企业，雅戈尔、杉杉、罗蒙、太平鸟、培罗成……要说做衣服,谁做得过阿拉宁波人?

64

上海与宁波的"渊源",别的不说,上海话中的"阿拉"二字,就是从宁波来的。南京路上著名的老字号,培罗蒙、亨生、邵万生、三阳、乐源昌、亨得利、老正兴、蔡同德、泰康、协大祥等,又有哪个不是宁波人创下的?上海的马路,不仅有宁波路、宁海路、慈溪路、余姚路,还有两条鼎鼎大名的虞洽卿路和朱葆三路,更是直接用宁波大老板名字命名。上海人的精明,比起宁波人来,纯属小菜一碟,是从宁波人这里摆渡过去的。中华人民共和国成立前,上海滩上九家钱庄,宁波人可是占了五家半,尽管这样,如今上海人还是有点看不上宁波人。但一到清明节,宁波的街头就会冒出很多"上海哪能",上海人毕竟还是没有忘记自己的老祖宗啊!

65

鸦片战争后,江厦街一带钱庄云集达百家,成为近代东南沿海的重要金融中心,除却钱庄、银号、票号,三江口的江厦街更是近代银行业及证券、信托业的发展重地,在近代中国金融发展史上,江厦街书写了浓墨重彩的一笔,有称雄天下的气魄。

与江厦街同样古老、同样让宁波人自豪的,是宁波人口口相传的一句老话:"走遍天下,勿及宁波江厦。"这句老话被英国传教士慕雅德翻译成"Traverse and search the whole wide earth, and after all what find you to compare with Ningpo's river-hall?"传到西方,使西方认识了 Ningpo 这座中国东海岸的城市,乃至欧洲人地图上,先有宁波而后有浙江,昔日宁波城内最繁华、最热闹、最富庶的江厦俨然是宁波的骄傲,金融业名闻遐迩。可以这么说,当年宁波江厦街咳嗽一下,大半个中国要感冒。

66

我之前不知道 4 月 23 日是个啥日子。前几天嘴巴馋,想去宁波鼓楼步行街买点麻花吃,刚过鼓楼城墙,全城青年几乎把步行街挤得水泄不通,凑近一看,才知道是在搞"萤火虫换书大会",瞬间"涨姿势",被青年们普及:4 月 23 日是"世界读书日"。他们那口气和神情,言下之意:大叔,你 OUT 了!

主办方旨在引导年轻一代持续开展"深入阅读"。参加换书大会的书友,大多数为所谓的崇尚自由、热爱生活的宁波文艺青年,不少书友在书本里夹着小卡片,上面写着自己的人生理想或者自我介绍,再附上联系方式。当真以为我们没玩过"笔友"的游戏吗?明眼人也能猜到:搞得像相亲大会嘛!不过是以书结缘,以书的品位确定能否交往。宁波的小年轻们真够浪漫的,怪不得都不肯去梁祝公园相亲。

67

在宁波人眼里,"富二代"的称呼不免落俗,宁波人有个专有名词叫"小开"。"小开"自己不独立打理一桩生意,是恃着老爸或老家财势的富家公子。"小开"百搭,不管酱园店"小开"还是外滩"小开",一旦搭上都很顺耳,倘若换个词,酱园店公子、南货店少爷、外滩少东家……都没有"小开"来得传神,来得口语化。

因为是"小开",凡事不知轻重,不分尊卑,喜招摇过市……因为有的是时间和铜钿,"小开"棋琴诗画、跳舞桥牌、"沙蟹"麻将、网球股票,都知晓一点,又因为天生懒散,大都只有点"三脚猫"功夫。"小开"对宁波开埠后最大的贡献是拓展消费文化和缔造甬城时尚,没有他们,这一轴红尘俗画会少了些神韵。如果在宁波男人的群体中,剔除"小开"一族,其整体特色会大打折扣,犹如吃生煎包少了一碟玫瑰米醋,炖腌笃鲜忘了放几片嫩笋。

68

"外边有什么好的?"

"宁波三套房子给谁住啊?"

"你上哪去吃这么新鲜的海鲜啊?"

在宁波,这座貌似已经提前进入小康社会的城市中,大多数家长不希望子女在接受教育后留在外地工作,很想让子女回到家乡宁波,找个稳定轻闲的工作,首选是机关事业单位,最不济也要坐个办公室,哪怕是临时工,只要不出去日晒雨淋,不吃苦头也蛮好的。不知是过惯了安逸生活,还是受外埠文化的影响,老一辈"宁波帮"那种坚忍执着、开拓进取的美德,在现在的年轻人身上似乎有点淡了。

因此,在宁波经常可见或听说,某某小孩开着宝马、奔驰、奥迪上班,却只拿两三千元的收入,到手的工资连养房都不够。这不要紧,只要孩子在办公室坐稳当就好,需要用钱的地方,爹妈自然来赞助。乃至婚后,孩子们的厨房不开灶火,生了孩子扔给爹妈带,老人们似乎也都心甘情愿。

69

宁波大妈,俗称"宁波老绒",也是一个特殊的群体。比起海边捡泥螺、挖淡菜,农村装配件、搓麻将的大妈们,城里的大妈们,更喜欢结伴跳广场舞、买理财产品、听保健讲座,她们红尘做伴活得潇潇洒洒,每天忙得不亦乐乎。

我以前对这个群体了解得太肤浅了——宁波大妈们并不像许多人想象的那么"无脑",也不单是被年轻人热情喊几声就掏钱那么简单。到底是谁被忽悠,抑或又是一场博弈? 至少,对宁波大妈而言,她们认为这是一种智力游戏、一种生活方式,或是升华成了一种精神面貌、一种生命价值。我在电梯里偶尔瞥见她们,大妈个个目光坚定,眼睛里绽放着青春,脸上洋溢着镇定自若、运筹帷幄的笑容,不亚于每日行程安排得十分充实的董明珠或王健林!

70

宁波人口中的菜,一律称作"下饭",这是个名词。买菜叫"买下饭",烧菜叫"煮下饭",勿管"下饭"好坏,主要目的是把饭送到肠胃里去。"下饭"的叫法,是不是比上海人口中的"小菜"更贴切、更形象?

说得久远些,"三言""二拍"等明清小说里的"下饭"的古老叫法,在宁波人口里至今保留。

宁波"下饭"不像上海菜那样"浓油赤酱",没有苏杭菜的甜糯,更不会像衢州菜那样辣到"菊花"收紧。宁波"下饭"是一个"咸"字当家,逼得你要多扒上一碗米饭。宁波人留客吃饭,各色"下饭"摆满圆台面,热情的宁波人还会用一口石骨铁硬的宁波话招呼:"下饭呒告,饭要吃饱,吃哪吃哪!莫客气,和总是自家人。"饭要吃饱。几碗?起码三碗,宁波"下饭"咸煞侬!

71

宁波这个城市,好比一坛糯米老酒:有点度数,却不辣口;有点年头,历史很久;有点后劲,从不上头。

宁波人和绍兴人一样,也喜欢做糯米酒,吃老酒。宁波人入世,放不下的是糯米老酒,是这人间烟火,纵然有千般不顺,还是贪恋这十丈红尘。糯米的酒色偶尔浑浊,却像极了上好的琥珀。在暮色中,万家灯火点亮后,就着一块油煎东海带鱼,美美地嘬上一口。醉眼迷离中,世界如此温柔。一两个好友共酌,三四样小菜佐酒,五六分醉意暗涌,永不落幕的,是这悲欣交集的市井人生和几个微醺的"老酒饱"。

72

不说不知道,宁波人的身体里,历来有逐臭的基因,宁波人对臭味情有独钟,嗜臭食成癖,这可谓宁波饮食文化的一朵"奇葩"。早些时候，江南的祖屋是临街枕河，枇杷门巷里隐着盈翠轩窗……无论在高宅大院，还是市井里弄，几乎都藏着几个大大小小的臭卤坛子，一个个"臭卤甏"是培养"臭下饭"的神器，宁波人谓之"传家宝"。搬家挪地别的可以落下丢弃，"臭卤甏"必须都打包带上。

有天井的人家，常把"臭卤甏"摆在屋檐下，甏口盖上一块方砖；居室逼仄的人家，一般都将其置放在室外的走廊上或某个阴暗的角落里，任凭风吹雨打。那股醇厚的臭味，会随着岁月的推移，渐渐变浓。在江南酷暑的三伏天里，"臭卤甏"往往会大出风头，臭冬瓜、臭苋菜梗、臭芋芳梗、臭茭白争奇斗艳，个个是宁波民间的"灵魂菜"。左邻右舍闻到臭味，也心驰神往一番，而外地人遇到这些味道奇特诡异的"臭下饭"，难免要胆战心惊一番，谁敢下筷子啊？

腌臭冬瓜、苋菜梗的"臭卤甏"，难免会滋生霉菌蛆虫，需及时消毒。其方法是把火钳烧红，探入甏中"滋"烫一下，蛆虫霉菌便无藏身之地。这种"特技"，被目不识丁的宁波老太们成功研制，臭卤顿时由浊变清，可是那一阵冲天臭气大爆发，不得不让人掩鼻而逃。

73

盐是一道菜的灵魂，宁波人做海鲜时，将其功效发挥得淋漓尽致。

宁波人吃海鲜追求原汁原味，不失本真。一条活灵活现的出水海鱼，只需搁少许盐、几片生姜、一勺老酒，或什么作料都不添，搁点"咸齑卤"清炖炖，鱼肉嫩嫩的，鲜得眉毛纷纷往下掉。宁波吃客们拎得清，绝对不会拿好端端的"热气货"去油炸一番，白白糟蹋出水海鲜的鲜气,这个是讲门道,吃套路。要是看到"热气货"的海鲜变成红烧,宁波人要皱起眉毛狠狠甩出一句抱怨:"罪过啊,一把盐就够了,实在是太可惜了!"

74

宁波人喜欢过节,有时候喜欢关起门来自娱自乐一把。相隔没多久就冒出一个节:早春有四明山樱花节,初夏有慈溪杨梅节,盛夏有奉化水蜜桃节,初秋有牟山湖大闸蟹节……宁海人的节日很多:三月桑洲油菜花节、四月长街蛏子节、五月胡陈洋芋节、六月一市白枇杷节、七月翠冠梨采摘节、八月葡萄节、十月前童豆腐节……再加上象山海鲜美食节、开渔节,鄞州区的梁祝婚俗节、东钱湖龙舟赛等。宁波各地吃喝玩乐的节日此起彼伏,还都挺热闹的,时不时在节日的菜单里添上各种"马拉松"比赛,喜欢跑步的真应付不过来。

75

身份证是3302开头,车牌号是浙B开头,宁波人在浙江的座位牌,一目了然,煞清爽。

套用一段话,就能验证你是不是在宁波城里土生土长的:儿时去姚江动物园看过老虎,上学放学必绕过久久天桥;青春期逛镇明路买盘磁带后去城隍庙排队吃炸鹌鹑;成年后时常在天一广场、灵桥堵车。腰包鼓时去白沙码头海鲜大排档撮一顿;高兴了约朋友去老外滩喝一杯……当然,这些宁波"土著"起码是"70后",其他版本,本人不详。

76

亚马逊中国首度发布中国浪漫城市排行榜,佛山、宁波和东莞成为中国最具浪漫气质的城市冠亚季军。虽然北京是政治文化中心,上海是公认的有着浪漫气质的城市,广州又是人们印象中"最懂生活"的地方,这三个城市却都没有进入前十名。北上广暂且不论,我一直认为杭州人要比宁波人浪漫风流,但看了最近一对宁波"老夫老妻"二十七年的枕边情书,却不再这么想了。

木心说,从前慢,一辈子只够爱一个人。从前,恋人两地分居,一封书信,邮驿缓缓传递,短则月余,长则经年才能送达。如今身边,有人隔着昼夜,以枕边情书传爱意。宁波有一对平凡的医务工作者夫妻,白班夜班交替难见面,二十七年来,丈夫给妻子写下几百封情书。读一读这对"老夫老妻"的情书,字至情砌温暖了岁月。有你的日常,就是最好的爱情!真没想到,宁波人一旦"作"起来,也蛮浪漫的。

77

我感觉,最近几年,工作、生活的节奏不再是"从前慢"。宁波一下子涌出许多年轻的打拼者,南部商务区有高速运行着的贸易公司、咨询公司、投行、律所,天一商圈的写字楼里有无穷无尽的视频会议、越洋电话、股权纠纷、融资协议,这些东西里隐藏着刀光剑影和滚滚财源。地铁站出口,候着一群散发传单广告的小伙子。他们大冷天也穿着大一号的西装,眼神焦灼而迷茫。

不过，工作生活压力大了，他们偶尔也会临阵脱逃，寻求片刻安宁：五十分钟高铁到杭州，西湖边喝个茶，灵隐寺里上个香，找个青年旅舍睡足一觉，然后恋恋不舍杀回宁波。就像抹香鲸浮出海面，深深地换一口气，不得不再次潜入海底去追逐大王乌贼。

78

一些初来宁波的外地朋友很奇怪：在许多没人监管的场合，宁波人怎么能自觉地遵守秩序？比如不在公共场合吸烟，等出租汽车自觉排队，等等。

每一个在宁波生活过的人都深有体会：宁波的公交车在斑马线前停下来主动礼让行人。多年下来，宁波人似乎早就被"惯坏"了，出门在外只要有斑马线，就敢放心地走，去了外地还真有点不习惯。在公交车的示范带动下，宁波的出租车、私家车也逐渐加入文明礼让斑马线的行列。说到底嘛，宁波人是把官方的宣传、倡议当作社会契约的。违背这些规矩，即使没有监管人员，在其他宁波人看来，也是没有素质的表现，是很没面子的。讲究规矩的宁波人，其实是在给自己的人生买保险。

79

有时候，生活在宁波的各种便利，让你感受到的，不仅仅是那些服务民生、改善民生的交通设施落地，像便民热线"81890"这样的服务，同样可以做到润物细无声。

81890 谐音为"拨一拨就灵"。我拨过好几次,碰到医院挂号预约或找水电维修工,打这个电话准不会错,基本上会得到满意的服务。如果当场不能解决,对方会记下你的电话,稍后便主动打给你。事实上,政府、市民在"81890"热线平台上实现了"双赢"。对市民来说,所需的各类服务,再也不用查找五花八门的服务电话,而是记住"81890"这一个号码就可。对政府来说,它是分担压力的助手。"81890"将市民反映的公共事务管理方面的问题转交并督促政府有关部门尽快解决与答复。对于这些,我们宁波人深有体会。

80

以前,我从来不靠墙边或者绿化带走路,也不会在电线杆旁停留。也许生活在宁波的狗狗也很纳闷,因为它们撒尿记路的方法已失效,早就有人占领了它们的地盘。

1995 年,宁波市政府发布了《宁波市民"十不"规范》,时常悬挂于街头宣传,其中有一条为"不随地便溺",外地人看了难免诧异,难道连不能随地大小便都能写进市民规范中?事实上,以前的一堵墙、一个转角、一处草丛,往往成为某些没素质宁波男人的小便之所。我家墙门绿化带里的一棵桃树,不堪忍受男人们的每天便溺,郁闷而死,所以居民就在墙上画乌龟,写下狠毒的诅咒来对抗尿臊味。不过在旧城改造中,相关部门将公厕进行合理布点,随地便溺的现象也越来越少,市民们非常期待将"不随地便溺"那一条从"十不"规范中删除。

81

在中国的许多城市,一旦遇到马路脏乱或者治安不好,大多数市民就会摩拳擦掌,义愤填膺地痛骂,颇有"别处的月亮更圆"的感慨,但宁波人似乎是个例外。宁波人的安居幸福感非常强,要是拿杭州、上海来比较,他们肯定会在旁边酸溜溜地说:还是我们宁波好啊,交通通畅,城市宜人,现代化设施与古典文化相结合。其实在每天的高峰时段,宁波市区的塞车程度也绝不含糊,但宁波人依然骄傲。

82

北京有四合院,上海有石库门,宁波有老墙门。

老墙门是宁波城里人一种经典的落脚点。孝闻街一带的是新式里弄,郁家巷一带的属于花园墙门,秀水街一带是后现代主义装置,新马路一带是老克勒的石库门。起初它们都是气派的,彼此间保持着体面的距离,后来挤进了太多的人家,从大户的独门独院,变成了市井"七十二家房客",生存环境日渐逼仄,灶披间变为公用,房客们为楼梯拐角的半尺空地,长年缠斗不休。谁家晾衣服多占地,谁家洗菜多用水,住户都看在眼里;谁家孩子挨了打,哪对夫妻床上动静大,都是老墙门里公开的秘密。

宁波老墙门是市井的、家长里短的,所以也是活泼的、生动的、活色生香的。吵归吵,闹归闹,一场大雨刚落几滴,吵得最凶的邻居会帮忙收衣服。谁家做了好菜,必定分四邻一尝。东家的猪油汤圆,西家的霉干菜烧肉,亭子间的苋菜管,后厢房的碱水粽,许多宁波人是吃着百家饭长大的。老墙门中保留着那些酸酸甜甜的记忆,那些青春岁月的迷茫痕迹,那些恩恩怨怨的生活残片。这都是宁波人深深眷恋老墙门的情结所在。只是"七十二家房客"挤在螺蛳壳里,被迫练就了一身螺蛳壳里做道场的功夫。

老墙门里的消夏时光

83

宁波女人精致、实惠、拎得清,还懂事、识趣、解风情。旧时宁波人家清一色的"男主外,女主内",男人多不在本地营生,女人独手掌乾坤。男人回家像做客,女人对待老公像白娘子对许仙,从用人托盘上端起莲子羹奉上,递上洒过花露水的小毛巾,摇着檀香扇巧笑倩兮,场面上撑足门面。她们纵有天大本事,能盗仙草、水漫金山,对老公也会让三分,私底下别是一番销魂夺魄。

中国社会,商人的地位历来是很低的,原因之一,是经商的人常年在外奔波,顾不了家,所以古诗有"悔作商人妇"之叹。俗话说"家和万事兴",宁波人不但对外求通达,居家也追求和睦。这些男人的背后都有不动声色的宁波女人,家里大账进出,儿女出洋留学,姻亲升官发财,即便家道中落吃官司,女人们依旧把庭院护得稳稳当当,不露声色,仿佛总有大事未成、大恩未报的理由,都能从容地顶起半边天。宁波的女人颇能体谅丈夫的辛劳,夜来孤灯独坐,她们不作怨声,反而唱道:"小白菜,嫩艾艾,丈夫出门到上海,廿元廿元带进来,介好丈夫哪里来?"有这样善解人意的老婆,宁波男人要不发,那才怪呢!

84

"一手好字,两句歪诗,三斤黄酒,四季衣裳,五子围棋,六出滩簧"是旧时宁波好男人的标准,文化装备要大于物质装备,好像男人都不管家务,一身清闲,风雅得很。

后来,宁波男人的持家本领超过女人了,20 世纪 70 年代,弄堂里到处可见宁波男人在做木工活,刨花随风轻扬。喇叭箱、小菜橱、床边柜、写字台、沙发,就这样做成了。而且这些家具都是用边角木料做的。油漆店和五金店一度生意奇好,插销和抽屉锁断档。节能的八芯煤油炉,是男人们用废旧马口铁罐头敲出来的,三角铁可以焊成金鱼缸,旧铅皮敲成台式八瓦小日光灯灯罩、灯座——宁波男人个个是顾家的巧工匠。那时,家有一辆自行车,绝对是富足的象征。宁波男人必定要学会自己保养修理,比如换个胎,给轴承上牛油。换下来的内胎,留着补胎用,多余的可以做木拖板的鞋帮,也可以切成橡皮筋;外胎可以打鞋掌。家门口停一辆坚固无比的凤凰牌锰钢牛皮鞍座自行车,真比今天停一辆奔驰宝马还来得风光。

85

在外地人看来,宁波人固然有钱,但他们做事处处小心,又显得较为多疑。一些宁波老板,对员工也是边用边试,员工在被委以重任之前,必定要经过"九九八十一关"的考察,方能"修成正果"。

86

很多宁波已婚男人,大概还有这样的记忆:那时,与她相识相恋,火焰般的恋情不惧冬日夜晚凛冽的寒风,电影散场后,你和她手牵手,一路陪她走到寂静无人的巷尾,还依依不舍,不肯告别。未曾谋面的丈母娘听到声响,热情地招呼你进屋,笑眯眯的也没几句话,一会儿工夫,就捧来一碗冒热气的桂圆汤,上面铺着两个溏心荷包蛋……那个画面啊,不少宁波男人记得一辈子!

87

全面两孩政策实行后,生个孩子容易,找个好保姆带孩子不易,以前是东家挑保姆,如今是保姆来挑东家。要想找个宁波本地保姆带孩子,更是难上加难!大规模的城中村改造,原来在宁波东乡、西乡做保姆的,一夜之间变得财大气粗,纷纷罢工,这个原因就是——拆迁!老房子拆迁后一般可以分到两三套新房,原先村里的田被征用后,还可以按人头分到股份。原先做保姆的阿姨们即使不上班,打打麻将,买买银行理财产品,照样能把日子过得舒舒坦坦。

三十年河东,三十年河西,风水总是轮流转。

88

宁波邻里之间的称呼很有特色,熟稔者可以直呼其名,而不太熟悉的人,可以用居住的房间相呼,如"前楼阿姨""亭子间阿嫂""后楼伯伯"。最有趣的是,娶进来的女人统统被叫作"新娘子";有时,一个宁波墙门里住着好几位"新娘子",于是又被分别叫作"楼上新娘子""楼下新娘子"。搬到住宅高楼后,好多年听不见这样的称呼了,有点怪想念的。

89

这些年,在宁波街头晨练的是大妈们。她们集体跳广场舞,召唤出真正的青春。她们花红柳绿地占领小资小调的小资广场,蛮有气势的。

从前的宁波大妈可没有跳广场舞的闲情逸致,她们早上头两件事是生煤球炉和刷马桶。弄堂里一早炊烟袅袅,火星点点。扇煤炉的破扇子的噼里啪啦声与刷马桶的毛蚶壳们有节奏的群起舞动声形成老宁波"晨曲"二重奏。很长一段时间内,宁波大妈集体演绎"晨曲"二重奏,风雨无阻,有声有色。曾经"洪荒之力"用不完,今天她们继续跳广场舞来改写这个时代。

90

宁波人,无菜可以吃饭,无衣不敢出门。这个"衣",就是挺括的衣服、不走样的裤子。在家男人可以赤膊、赤足,汗衫可以窟窿百出,女人可以穿睡衣,背心可以褴褛,一旦出门必须衣冠楚楚,很少有满街走的"睡衣党"。出门穿的衣服叫"做人客的衣裳",马虎不得。

宁波人回家后,哪怕内急,轻易不会直奔厕所蹲马桶,生怕裤管皱了,衣服脏了。一般是先将外衣脱下,仿佛戏曲演员回到后台卸下行头,必定要打开衣柜,将衣裳挂起来,如此可吊出线条而不变形,再关上橱门免尘免灰,保持衣服的鲜亮、挺括。裤子另当别论:对缝对齐,叠好,放在枕头底下,压着!第二天出门,套在腿上,两条腿的两条线,垂直于衣下、膝前,昂首阔步。所谓"意气骄满路",宁波人的穿衣戴帽还都挺讲究的。

91

比起吃饭穿衣,宁波人在头发上花的时间也不少,不少人喜欢在头上做功课、做功夫。宁波话说:"喇头喇头,就是要喇勒头上。"宁波女人的"花头经"远比男人多。寻常人家的小姑娘收入虽一般,但对待头发不马虎，总喜欢隔三岔五捯个发型来发哕。20世纪八九十年代，"容光美发厅"烫出来的大波浪、咪咪头和爆炸头在当年风靡一时，新娘子结婚化妆必定要做足"头上功夫"，各种发胶不说，加上头饰要花去两三千元。当时的两三千元可不是一笔小数目啊。

92

"人生下好三碗面——场面、情面、体面。"场面是办事漂亮，情面不言自明，体面则包含穿着得体这层意思。衣裳在宁波话里，称为"行头"，这是戏剧演员的道具，个人"装裱"的"面子工程"。

除了会吃，舍得吃之外，宁波人对穿衣质量的要求也并不比任何地方的低。宁波人追求生活的精致，这不仅包括宁波的年轻人，也包括老年人。在马路上或公园里，你看到一个衣冠整洁、头发梳得一丝不乱、挺胸抬头的宁波老先生时，千万不要以为他是一个退休的教授。相反，他很有可能是一个普通退休工人。这就是宁波人对生活的要求：展示自己最光鲜的一面。你可以说他们爱虚荣，但你也因此看到了一个爱体面的宁波人。

93

跟宁波人打交道，彼此都要给对方留足"面子"。这种在宁波生活的基本格调，也是造就宁波人不温不火性格的原因之一。

蒋介石发迹前，曾在上海拜在黄金荣门下，投过帖子。多年后，蒋介石显达为"北伐军总司令"，黄金荣与蒋介石的师徒关系，不再适合蒋介石的社会地位。蒋介石到上海后,社会贤达纷纷拜见,黄金荣不知所措。蒋介石提前拜访黄金荣,给了昔日的师傅一个天大的面子。

黄金荣喜出望外,立即托虞洽卿给蒋送去一份厚礼。蒋介石收到礼,打开一看,原来是多年前投的帖子。蒋黄两人相互给足了对方面子,维护了对方的社会地位,也协调了两人的关系,都给此后双方的事业带来了好处,这是后话。和宁波人交往,要给对方留足"面子",这个很讲究的。

94

精明干练的宁波人,性格中还透着实诚和侠义。北方人经常说,酒前现真身。饮酒时,可以发现宁波人的实诚。宁波人劝酒不耍滑藏奸,跟你一对一等量喝,你若说喝不了这么多酒,宁波人索性就倒进自己杯中替你喝。

在其他地方,常听到有人在酒桌上吹嘘自己的能耐,大包大揽拍胸答应。一旦席终人散,你就会发现这些都是酒后戏言,千万别当真。相比之下,宁波人很少会答应你他所做不到的。他们没有"舍得一身剐,敢把皇帝拉下马"的气概,更无当出头鸟的豪爽,但他们说到做到。该办的事情,不请客吃饭,宁波人也会替你办;不该办的事,吃上四五次饭,也未必能起作用。酒席上,宁波人少有满嘴豪言壮语,不喜欢高谈阔论,一旦答应下来,他们一般都会信守承诺。

95

曾经一位北方大姐这么描述宁波人"吵架"：有一回，她看见两辆汽车刮擦，司机吵翻了天：两个宁波男人血脉偾张，眼珠子瞪得老大，互相指着对方的鼻子，手指头距离对方的鼻尖一丝之遥，骂得脸红脖子粗，就差没叫一辆救护车拉到医院看高血压的急诊了！可是，谁都没动手。

空骂不动手，有人说因为宁波人内敛，有人说因为宁波人嘴皮子功夫好，还有人说因为宁波人没有血性。其实都不对，只是宁波人把物理学得好，懂得作用力与反作用力的关系。宁波人吵架的精髓在于出招要结合韵律，抬脚的一刹那，嘴中"呆大"两字必同时响起，且尾音绵长，让对手摸不着套路，而出脚的节奏，则需同脚法一样充满爆发力，伴随的骂声一定要叫得清脆、干净、利落。打不过的时候也不能丢范儿，一句"侬给我等着"，让人无限遐想。我原来一直欣赏北方人的豪气，但以身体强弱、不怕死来决定高下，宁波人不兴这一套，只要不去惹他们，动手的很少。

96

老一辈人勤俭持家的风气贯穿于宁波人的生活。即便是"小康"人家，走出来的子女，其穿着依旧遵循"新阿大、旧阿二、破阿三、烂阿四"的章法。兄弟姐妹较多的寻常人家都有类似经历。但是宁波人门槛再精，不论手头紧否，对子女读书教育却从不悭吝，决断分明。旧时，家中若有聪敏善学的"女公子"，必定全力送入甬江女中。张岱在《夜航船》的序中说宁波人是两脚书橱："后生小子无不读书，及至二十无成，然后习为手艺……学问之富，真是两脚书橱……"读书如果到了一定年纪，还读不出花头，当然会选择做学徒学生意，走上从商路。宁波人再勤俭节约，也始终保持尊师重教的遗风，"书香""墨香"城市就是这么一步一步造就的。

97

上海人虽然一向眼睛"长得高"，然而宁波人看上海，就像不列颠人看美国。名人也好，经商也罢，都比不过宁波人对上海的"最大贡献"，这就是"宁波阿娘"。上海的儿孙辈很多由"宁波阿娘"带大。"宁波阿娘"有啥特点？第一个就是"规矩大"，宁波老太们从小带出的小孩，都是规规矩矩的；第二个就是"挣面子"，宁波老太们重情义，家里不论贫富，都拾掇得整洁体面，且拼了一口气也要生活在上海的好地段，从不住在"下只角"。所以，上海人都忘不了曾经的"宁波阿娘"们。

98

儿时最难忘的，就是在"宁波大世界"小人书摊上花上几分钱，租本小人书，坐在小板凳上，津津有味地一看就是一个下午。

连环画最多的地方就是"宁波大世界"。两排一米多高的木头书架靠墙支着，书架上一格一格放满了各种小人书，小凳上、长凳上坐着的都是埋头看书的小孩。薄一点的两分钱看一本，厚一点的五分钱看一本。有时候，等不及看比较抢手的新书，就蹭在别人旁边看上两眼。理发店里也会备一些小人书，顾客可以边看边等。宁波人贺友直画了一辈子的小人书，成为中国几代连环画读者的偶像，《山乡巨变》《朝阳沟》《李双双》……即便故事有些陈旧了，褪色了，但他创造的独立于文本之外的绘画艺术却鲜活而令人难忘，连生活的辛酸，也画得那么干干净净。

画了一辈子连环画的贺友直

99

宁波人在大场面上从不寒酸，出手极为慷慨。节省的宁波人，在家不动声色，外出经商却把笑傲江湖、走四方的豪气装进了心肺。蜚声海外的"宁波帮"发迹，这个"船王"、那个"大王"的背后，哪一个没有精打细算，哪一个不是勤俭持家？高校里的"逸夫楼"，造福乡梓的医院、图书馆，哪一座不是出自这些节俭的宁波人之手？

那些"做人家"的宁波人在晚报上看到罗南英《一封特殊的来信》时，急忙放下手中的报纸，跑去汇款，七天后就向她捐款约六十万元，用爱心感动和温暖着这座城市……还有一位家喻户晓的"顺其自然"，TA 是一个谜团，因为 TA 的身份无人知晓，大家只知道，TA 是宁波的慈善人士。在宁波市慈善总会有一个档案夹，集纳了 TA 十七年间寄来的信和汇款单据。从 1999 年至 2016 年，捐款总额达八百五十六万元，加上其他途径的捐赠，总额已超一千五百万元，虽然 TA 神秘得神龙见首不见尾，但已成为宁波人善良与仁爱的代表。

100

宁波人待客，热情周到。自己平时再节俭，待客却一点也不肯马虎。这份江南人少有的豪爽，就叫"甬派"。小孩子来做客——邻居小朋友、儿女的同学、亲戚的小辈来，哪怕就是来送样东西带个口讯，都要以礼相待，急慢不得，称之为"小人客"。这也是小孩父母的面子，不留下吃点心，也要让人带几粒糖果花生回去才算不失礼。

天雨必留客。如吃饭时分外面突降滂沱大雨,此时更要苦留客人,临时炒只蛋,蒸点腊肉香肠,或去弄堂口熟食店斩一碟三黄鸡,再拷点老酒,还是蛮像样的。哪怕只是炒一碗蛋炒饭,泡一碗紫菜虾皮汤,或者简单一碗菜汤面,大家都不虚礼了,实实惠惠留下来填饱肚子,待雨过天晴,客人告辞谢退,主客双方交情就此又深了一层。

101

关于宁波人的"绅气",有一个传神的"赤膊穿长衫"。"穿长衫"在过去是有身份的象征。"赤膊穿长衫"意味着什么?意味着虚荣,死要面子活受罪,只要"面子"不要"里子"。所以,与宁波人交往一定要彬彬有礼,不要随意拿人家开涮,他们的心理承受能力一般,很在乎别人对他们的评价。宁波人轻易不求人,有了啥难处,他宁愿关在家里咬咬自己的手指头,也不会轻易向别人低头。这种凛然的风骨,让人钦佩之心油然而生。即使他向你开口了,他在心里其实并没有向你低头。所以你既要想方设法为他分忧解难,又要小心翼翼地维护他的自尊。

102

每年夏末的一轮轮台风,总喜欢和宁波人民打个招呼,如果台风一个夏天没来,宁波人还觉得不习惯呢,总觉得这个夏天过得不像夏天!台风光临前,宁波人自觉地养成了"囤"的习惯,超市的粮油货架空荡荡的,宁波人的钱袋子,每年都会被台风刮空不少,而政府很给力,特地为居民购买巨灾险。外地人此时想来宁波旅游,请务必密切关注天气预报,否则会被台风撞个满怀,今天还是大太阳,说不定明天你就能出门看"海"了。"菲特""杜鹃"曾发威,使城区一夜之间变成汪洋。出门看"海"的台风天,"滴滴打车"不解决问题,迫切需要"滴滴打船"。

103

PM2.5 受关注后,宁波过年的鞭炮声比往年小了,但鞭炮一股脑儿集中到正月初五放,自凌晨开始,轰隆隆的鞭炮声就此起彼伏,一直能持续到黎明,几乎响彻甬城的大街小巷。百姓打开大门和窗户,燃香放鞭炮,点烟花,迎接财神的到来。身边的生意人多起来后,宁波人对财神的热情高涨,越来越虔诚,更加趋向专业化:城区的七塔寺黑压压地排满烧高香的长队;不想吹西北风排队进寺院的,在家烧一根横放的香,代表一心一意,谓之"发横财"。迎财神"破五"利市的风气丝毫未变。所以初四夜里想睡个安稳觉,一觉到天明,几乎不可能。

104

黄梅天的宁波旧巷,雨丝风片,满城风絮,人在画中游。

最妙的是雨滴屋檐声。梅子黄时雨,时而密集,时而稀疏,打在青瓦台上,发出清脆的叮咚声;打在屋檐的采光玻璃上,尖脆的声音像是要敲断;雨水顺屋檐而泻,一整夜滴滴答答,犹如一首交响曲。悦耳的雨滴屋檐声,常常伴宁波人入眠。

自从搬进楼房后,小巷没了,老屋消失,雨滴屋檐声就听不到了,更令人怀念昔日的雨声。若要再寻耳根清净的旧巷,静听雨落的弄堂,如今可以去马衙街、秀水街、黄栀花巷。

105

宁波人的餐桌,基本上是八仙桌。八仙桌是许多宁波人家里派大用场的老家生。平时八仙桌上放一对帽筒、一只朱红茶盘,有客来时就坐在八仙桌边。宁波人待客,每年四时八节做羹饭时,都离不开它。一张八仙桌,教会了宁波人吃饭规矩和做人规矩。

每年夏天刮台风时,如果家里屋顶或墙面似乎摇摇晃晃,父母就会叫我们躲在八仙桌下避险。平时孩子放学回家,经常把两张八仙桌拼起来当乒乓球台,用两块砖头和一根扫帚柄当球网。白色的小球在八仙桌上飞来飞去,给孩子们带来了许多欢乐。

106

宁波人集体过"农历七月半",带有强烈的仪式感和视觉冲击力,百姓做羹饭祭祖宗的场景,被越剧《何文秀》精确概括:"三支清香炉中插,荤素菜肴桌上放。第一碗白鲞红炖天堂肉;第二碗油煎鱼儿扑鼻香;第三碗香蕈蘑菇炖豆腐;第四碗白菜香干炒千张;第五碗酱烧胡桃浓又浓……"烧过锡箔磕几个响头后,举家动筷齐分享。

一到农历七月半,宁波孩童晚间的活动就受限,小孩子再贪玩,总被大人早早喊回家。宁波老话有"七月半地狱大门开,孤魂野鬼徘徊阳间"一说,还有甚者,说小孩子通灵,能看到大人看不到的东西,小孩阳气少,阴气太重,身体吃不消。长辈嘛,都有点迷信,说好听了是习俗,说不好听是迷信。不过此时的宁波开始入秋,昼夜温差变大,小孩子抵抗力差,晚间出门可能着凉,街上的玩孩童确实要比平日里少。

入夜,全城遍地插香烛,分插于房前屋后,墙脚阶下,篱边、路边、园边、水缸边,插得星光灿烂、香气弥漫。老年妇女还持香向地藏王菩萨祷告,保佑一方平安、户户吉祥、阖家康泰。第一次看到这样的场面,看到草丛里飘摇的火烛,不免有些担心。

107

凤仙花,一种很普通的草花,种子落地后当年生长开花,满地皆是。宁波老墙门的房前屋后、水井边和弄堂口都有栽种。宁波人给它起了一个很喜气的名字——"满堂红"。这种天然的染料,用来包甲,几次染过后,指甲呈淡红色,所以又名"指甲花"。

农历六、七月间,满堂红盛开的季节,宁波妇人采花捣汁,先染小指与无名指,遂后为十指全染,谓之"包红指壳"。睡前用纱布缠裹指甲,如此反复两三天后,其色愈深,洗涤之后不褪色,十指尽染满堂红,招人喜欢。目不识丁的宁波老太常言,用"满堂红"包过指甲的手,腌出的苋菜股、臭冬瓜不容易变"馊气",更有神乎其神者,言称延至次年正月初一不褪色的红指甲,老年人每年多看几眼后,到老眼睛不昏花。一株"满堂红"的宁波传奇延续至今。

"满堂红"——能包出"红指甲"的天然染料

108

　　宁波人有句老话:"冬至大如年,皇帝佬倌要谢年。"日子走到冬至这一天,漫长而清冷的冬夜算是到头了。冬至过后阳气回升,白日渐长,新节气自此又循环往复了。

　　因为冬至的夜最漫长,所以要"睡睡冬至夜",好好做个美梦。全家人早起梳洗后,一人盛一碗"番薯汤果",嚼着烧过夜的"大头菜年糕",就能翻过今年的霉运,来年自然就要年年高升,加上"轰轰响"的大头菜,三样传统美食也只有在冬至的清晨凑在一起,好比"桃园三结义"。汤果可不是水果,是实心糯米圆子。有时候,我们的生活确实需要一点仪式感。

109

　　宁波人也能把大鱼大肉玩得别有生趣。宁波人活到六十六周岁，总觉得要过个关口似的，说得神乎其神的，"六十六，不死掉块肉""年纪六十六，阎罗大王要吃你肉"。活到六十六周岁，遇到后半辈子的一个关口，若想长寿，必须由小辈们烧六十六块肉，端来一碗糯米饭，饭上放一根带根葱，再加两根"龙头烤"，递给父母吃。

　　女儿或儿媳送肉时，不可进屋，而是从窗口递进，免得"阎罗王"看见，嘴里还要不停地高呼："阿姆(阿爸)哎，吃肉哩!"父母大人吃完六十六块肉之后，会平安度过六十六岁这个关口，从此得以长寿。那两根"龙头烤"，代表两条腾云驾雾的"东海小白龙"，其实就是不值钱的虾屠鱼干。

小辈端上六十六块肉

110

在帆船作为动力的时代,东海海域上的洋流决定着出航的最佳时间,宁波地理位置得天独厚,正处在南北洋流相交之处,所以北方的平底船、南方的尖底船都一股脑地聚集在"东渡门"附近。

东渡门一带统称为"东门口",是宁波三江口核心的闹市区,大运河(宁波段)把传统意义上的京杭大运河向东延伸,是为千年古运河提供一条便捷的出海通道,使中华物产得以"港通天下"。旧时的海港以江夏为中心,遥想当年的宁波海港码头前,百舸争流、千帆竞发,海运的场面多么壮观! 自唐宋至明清,海运码头的作用首当其冲。南朝刘裕在三江口建筱墙之前的"东门口",只能算一个军事基地,而在宁波建城的唐代,"东门口"是一个真正意义上的商贸港口,日本的遣唐使节、留学生及高僧等多从此入唐,在此设立的市舶司变为全国最忙的报关口。南来北往的船只牵扯出"东门口一弯,指末头一扳,五花八门,事体交关"的明州往事,"东门口"成为宁波人回忆"海上繁华绮梦"之所在。

111

宁波"六门"不是指哪处风景点,而特指旧时的六个城门,即东渡门、灵桥门、长春门、望京门、永丰门、和义门。宁波自唐朝在三江口建筑罗城始,到清朝末年止,宁波府的居民一直生活在环筑的城墙内,城墙周长二千五百二十七丈许。

"游六门"在宁波话中比喻为闲逛。为了能够形象地说明某人闲游的程度,便夸张地说他在"游六门"。但随着当今生活节奏的加快,宁波人哪有这闲工夫,似乎游不起来了。

112

宁波港、宁波帮、宁波景、宁波装、宁波菜形成了迈向现代化国际港口城市的重要内容,东方大港、河姆渡文化、名人故里、儒商摇篮、佛教圣地构成了一轴具有独特魅力的宁波旅游风情画卷。

我不是在为宁波做广告,宁波真的是一座没有围墙的博物馆!

113

很久以前,西方人对中国的印象主要源于三种独具东方色彩的物品——丝绸、茶叶和瓷器。从某种意义上说,瓷器的影响甚至要超出丝绸和茶叶,否则西方人不会将中国称为 China。"瓷器"就是中国的代名词。

在中国人烧"瓷器活儿"的功夫中,宁波人烧出了中国最早的一个瓷种,成为中国和世界瓷器的发祥地。上林湖越窑遗址,四周沉睡着两百多处古窑址和满地的碎瓷片。宁波人从东汉开始烧越窑青瓷,历经三国、西晋的发展和晚唐、五代的全盛,在中国各大著名窑系中,越窑青瓷是持续时间最长、影响范围最广的窑系。唐宋时期,越窑青瓷从上林湖起航,经东横河入姚江,通过明州港,开启了宁波通向海外的"陶瓷之路"。上林湖越窑遗址看上去真有些破破烂烂的,杨梅成熟的季节,人们用碎瓷片打上几个水漂后,才发现这是青瓷的"露天博物馆"。

114

宁波慈城是货真价实的老街,是真"古董"。

董黯日行三十里背水饮母,让富有慈孝文化传统和遗迹的慈城,获全国第一个慈孝文化之乡的美誉。依旧是"一河一街双棋盘""中轴对称左右文武"的设计规划,一千两百年来慈城几乎没有大拆大建,县衙、文庙、孔庙一应俱全。想要追寻唐宋的味道,背山面水、藏精聚气的慈城还有些遗风。慈水、慈江、慈镇、孝子路、孝子井、孝子祠,故慈城又被称为"三孝乡""孝中镇"。这些闪耀着慈孝精神的地名,构成了一幅独特明亮的文化景观,成为一种润物细无声的人文环境。京剧《三娘教子》的故事原型就是明初慈城冯家。

冯骥才回慈城老家,看到保存完好的冯家老屋,备感亲切之余难免生一番感喟。事实上,不止冯骥才家,冯定、周信芳、谈家桢、应昌期的祖居都被慈城人保存完好。

115

前几年兴起江南古镇游,宁波人看周庄、游乌镇,看来看去差不多。这两年都去看镇海郑氏十七房,4A级景区的门票不便宜哦。十七房的简介有三多:竖起旗杆最多,远远都能看得到;水多,三年不下雨,十七房河水不干涸;十七房马头墙多,一级要比一级高,台风吹不倒。

116

四明山二百八十峰相接,其间窟宅多神仙。东汉永平年间(58—75),剡县青年农民刘晨、阮肇入山采药,在山中迷路断食。危难之际,两人在一条山溪边邂逅两位绝色女郎,遂受邀跟至家中,与两位女郎结为伉俪。在鸟语花香、温和宜人的深山仙窟,他俩不觉过了半年,因思乡心切,苦苦求归。于是,女郎作歌送别刘、阮。二人还乡,寻访亲朋故旧,发现他们已统统不在人世了。反复打听,才找到一个七世孙,言称曾听人说起过,先祖上山迷了路,再也不见归来。西晋太康八年(287),刘、阮二人返山再寻仙子,已不知所终。

如果用互联网流行语来表达,这个神话传说具有魔幻、青春、唯美、爱情的"超级 IP"气质。投资人不妨将此拍成影视,也许比《三生三世十里桃花》还玄幻,剧名不如就用《阮郎归》吧。

117

据说,释迦牟尼涅槃后,弟子们在火化他的遗体后从灰烬中得到了一块头顶骨、两块肩胛骨、四颗牙齿、一节中指指骨舍利和八万四千颗珠状真身舍利子。佛祖的这些遗留物被信众视为圣物,争相供奉。佛教的许多教义,如天堂、地狱、因果、轮回,是肉眼凡胎看不见摸不着的,然而宁波的古迹中有一个稀世宝物,那就是释迦牟尼的舍利子,在阿育王寺的舍利塔中就可以看到。阿育王寺这块具有一千七百多年历史的佛国圣地,凭借舍利子,被封为天下禅宗五山之一。一颗绿豆般大小的舍利子,色白略黄,张岱写《阿育王寺舍利》,将其描述得神乎其神。

有意思的是,宁波浙东学派的学者们晚上写文章,看到灯草上啪一声爆出的坚硬小颗粒,就叫它草舍利了。

118

大凡名山总有名寺宝刹相随。奉化雪窦山历史悠久,举世闻名,既有佛教名刹,又是旅游胜地。从古至今,雪窦寺高僧辈出,香火兴旺,为天下禅宗十刹之一。当年苏东坡读了《雪窦颂古集》,向往之情油然而生:"此生初饮庐山水,他日徒参雪窦禅。"直到晚年,他还喟叹:"不到雪窦为平生大恨!"而弥勒菩萨与奉化雪窦山源远流长,玄机耐寻。

唐末五代时,奉化出了个怪和尚。他出语无定,常以锡杖荷着布袋,右手提罗汉珠游化四方,见到人便向人乞讨,得来的东西全藏于布袋之内,人们叫他"布袋和尚"。布袋和尚整日袒胸露腹、笑口常开,与人为善、乐观包容,这个法名契此的和尚,常到雪窦寺弘法。布袋和尚圆寂前,端坐在磐石上,说道:"弥勒真弥勒,分身千百亿。时时示世人,世人自不识。"偈语一传开,人们恍然大悟,布袋和尚便是弥勒佛的化身。大肚弥勒的笑容和随意,展示出包容、和善、幽默的特质,之后,大肚弥勒成为中国人心目中真正的弥勒形象,雪窦山也成了弥勒菩萨的道场。弥勒信仰,既是"神"的文化,又是"人"的文化,借神来想人之所想,言人之所言。

雪窦山弥勒大佛

119

　　钱塘自古繁华。我每次到杭州，总要望一眼西湖，吃一块东坡肉，才算没白来省城一遭。有一次，我路过艮山门，在坝子桥边的凤凰亭下，平生第一次踏进了最美的公厕"雪隐"。最初以为"雪隐"是杭城G20峰会后的一处新景观。看到"雪隐"这两个字，谁会把它和厕所联系起来啊？但它的确是个"四星级生态旅游厕所"，既是最具文艺气息的厕所，又是最具禅意的厕所。这个出典来自宁波雪窦寺的明觉禅师，他曾在杭州灵隐寺打扫厕所，默默苦修三年，出家人将雪窦寺和灵隐寺的合体叫成了"雪隐"。那个默默无闻的明觉禅师，当年在灵隐寺天天干环卫工作，可不就是金庸《天龙八部》中"扫地僧"的原型吗？

120

　　宁波梁山伯庙修建的"梁祝文化公园",是全国第一座大型爱情主题公园。当凝聚人类智慧结晶的宇宙探测器飞向浩渺的太空,《梁祝》的音乐也经久不息,震撼我们的,依旧是亘古不变的爱情。

　　如今,梁祝文化公园每年春秋两季都会举行大型万人相亲会,碰上那一天,公交公司专为梁祝公园开辟了"238 路专线",车上坐满了为子女婚姻急红眼的老爸老妈们。梁祝文化公园的相亲会越来越闹猛,打出的噱头是"用一天的时间,寻找一生的幸福",替代了老早的"若要夫妻同到老,梁山伯庙到一到"。

《梁祝》的音乐随运载绕月卫星"嫦娥一号"的火箭上太空

121

宁波人对灵桥的感情太深了——灵桥牌普通话、灵桥牌棒冰，小时候新华书店购书戳上的灵桥图案，还有那句玩笑话：你就是从灵桥捡来的……灵桥，一向被视为宁波的城徽与地标，伴随无数宁波人长大变老，也见证了宁波的历史变迁。

耄耋之年的灵桥经历过炮火，经历过摧残，经历过撞击，几年前一直在"住院治疗"。2013 年，"年事已高"的灵桥开始了长达三年的"闭关修炼"。我曾无数次从"便桥"驶过，顺便偷瞄几眼"修炼"进度，憧憬着它重新归来的那一天。维修过程中，令人意想不到的是，德国西门子公司早在八十年前规划设计、建造宁波灵桥时，就预埋了煤气管道。这对当时烧柴火、根本没听说过用煤气的宁波人来说，简直不可思议，而现在我们不得不佩服德国人的前瞻性。

122

东海之滨，三江汇聚——宁波是一座与水结缘的城市。宁波的水是立体的，有时会让人流连忘返。倘若站在宁波三江口，放眼明州大地，甬江、姚江、奉化江、鄞江、白溪、剡溪……江流溪绕；月湖、四明湖、东钱湖、上林湖、亭下湖、杜湖、慈湖……湖光潋滟。发达的水系和丰沛的水量无声无息孕育了辉煌灿烂的宁波七千年文明，推动着宁波城的兴起和繁荣。河姆渡文化，依水而生。唐代之前宁波府偏居于内陆，它山堰建成后，御咸蓄淡，州治才迁入三江口。宁波的历史离不开水,有了淡水,才有繁荣,有了海岸线和天赋异禀的港口,才有了贸易。曾经的"三江六塘河",因城市发展而被填埋了许多的毛细血管,让这座不曾缺水的城市,而今需要向绍兴新昌借水,钦寸水库下闸蓄水。"剿灭劣五类水攻坚战"已打响,这也为宁波奠定了发展基石。

123

不要小看姚江上的那些荒废的古码头,当年二十七岁的王安石乘船东来赴鄞县任职时停靠过,张可久、吴文英的辞藻里有它们的身影,黄宗羲乘摇橹船赴甬城书院讲学从这里出发……几乎每一个姚江上的码头都留有文化的足迹。这样的背景最容易让人产生浪漫的情怀,宁波文化人每年去姚江怀古的,还真不少。

124

在众多江南古镇中,溪口因为其蒋介石父子故里的独特身份,成为一个浓缩中国近现代史百年风云的地理标识。20世纪初叶,从溪口走出的蒋介石,逐渐成为中国近现代最具有影响力的人物之一。蒋氏父子生于斯长于斯,出仕之后常返故里探亲祭祖访友。蒋介石常以陶渊明《桃花源记》的"武陵"称家乡的武岭,溪口确实是他跌宕起伏的政治生涯中的一个避风港。

125

我们这一代在宁波城区长大的孩子,小学中学时的春游,几乎都去过镇海招宝山。为啥?爱国主义教育基地嘛。镇海城区有两座山——一座是屡建奇功的招宝山,一座是有文化胎记的梓荫山,在中国历史上皆有一席之地,有数不尽的炮台、石刻、石碑,有历史铿锵的回响。山海之间的招宝山,有开阔的胸襟,有厚重的历史,有绵延的文脉,却依然悠闲缓慢。如果你为着所谓的景点而来,你会有些失望;如果你愿意放慢节奏,爬爬山,散散步,吃吃海鲜,认真拜访每一栋老宅,早起在街头点一份外焦里嫩的生煎,黄昏在沿江的灯塔下搭乘渡轮去对岸,夜晚听船歌和涛声早早入睡,那么招宝山真是你该考虑的下一个目的地。

126

"老酒糯米做,吃了闲话多。"糯米不仅可以做老酒,还可以做炮台,一座座"糯米墙"犹如铁壁,以柔克刚,至今屹立在甬江口之滨。鸦片战争前,镇海招宝山的炮台由石块垒成,英军用大炮袭击,炮台四分五裂。1885年中法镇海战役前,守军将领吸取教训,用黄沙、石灰、混凝土拌着冒着热气的糯米饭,捣砌成糯米炮台,有软中兼硬的特性,功效极大。中法镇海战役中,法国人竟没有打毁镇海一座炮台,威远炮台被打得最严重,也只损坏一只角。

镇海招宝山炮台,宁波糯米饭的一次成功逆袭!

宁波有意思

镇海口海防遗址

127

宁波轮船码头的最后一班渡轮在 2001 年 6 月完成使命，此后，再也听不到轮船的汽笛声。几年后，宁波美术馆在这里落成。面对甬江的宁波美术馆，可能是世界上唯一一座拥有码头，可以让船停靠的美术馆。美术馆本身，也正像一艘停泊在江边的艺术方舟。宁波市民为这个创意集体点赞。

128

2015 年 10 月，在法国蒙彼利埃召开的国际灌排委员会第六十六届国际执行理事会，公布了入选世界灌溉工程遗产的名单。千年它山堰名列其中,成为宁波市首个世界灌溉工程遗产。

它山堰与郑国渠、灵渠、都江堰合称中国古代四大水利工程,经历千年悠久岁月,至今依然发挥着引水灌溉、防御咸卤、宣泄洪水的作用,其有倾斜度的堰体、黏土夹石层、堰体平面布局及多级护理消能防冲方式,创造了我国古水利工程的奇迹,其中前两项为全国古水利工程之首创。宁波的古人不仅勤劳,而且充满智慧。从古至今,没听说过宁波人建造豆腐渣工程。如今,它山堰依旧坚挺,能抵御一轮又一轮的台风。

129

海曙一带的大街小巷里,冷不丁就会冒出一个名人故居,尤其在月湖一带特别集中。几百年前,宁波月湖东岸的"王尚书第"中飘出"人之初,性本善;性相近,习相远……"的三言韵语,王应麟创作的这本我国古代儿童修身立德的启蒙读物《三字经》,不仅在国内享有盛名,而且饮誉海外。20世纪80年代末,联合国教科文组织推荐《三字经》为世界性少儿启蒙读物,向国际社会广为宣传介绍。"王尚书第"后被命名为念书巷,镇明中心小学也于此落成。

130

西晋末年,博洽多闻、工赋擅词、精阴阳历算的郭璞,为避乱从中原来到越东。当郭璞站在三江口时,不禁对这片"斥卤之地"大加赞叹,说此地五百年后,当成大郡也。千余年后,闻性道在修编《康熙鄞县志》时回复了郭璞之预言："至是,果符其言。"泱泱浙东大郡,宁波的深沉底色和鄞、鄮、句章的无尽风流,在郭璞与闻性道的一唱一和、首尾呼应中被缓缓道出……

131

南塘老街,是一条复古街,在南塘老街可以喝酒吃菜、又可以听书听雨。宁波"土著"天封塔下出生,城隍庙边浪大,逢南门"三市"集,总会去捡点便宜,所以老街里充斥着:狗皮膏药刮痧气,盲姐卖唱讲肚仙;沙炒倭豆地力糕,大汤面结馄饨担;兰花香干茶叶蛋,大饼油条粢饭团……描扇面,裱字画,刻图章,做嵌镶,珠宝玉器,胭脂水粉。长长的南塘老街就是一幅独具宁波风情的《清明上河图》,走着走着就会找不到北。虽然南塘老街像个假古董,但放在全国都可以拿出来选美。

132

保国寺里面没有和尚,它是一座古建筑博物馆,以建筑闻名中外。它代表着 11 世纪最先进的木结构建造技术,工艺与中国第一部官方颁布的建筑典籍《营造法式》相印证。木结构建筑一般六十年左右就开始损毁,保国寺大殿为全木结构却存留至今,尤其是在气候湿润、白蚁横行的宁波地区,算是一个奇迹。说白了,就是虫不蛀,鸟不栖,鼠不入,尘不染。不管怎样,宋代都是我国一个伟大的创造时代,保国寺大殿正是当时高超建筑技艺的产物和证明。宁波的寺院那么多,可宁波人总喜欢三天两头地往普陀山跑。

133

　　天童寺名字的来源传说很有趣。西晋僧人义兴和尚云游到此,开山搭庐,潜心苦修。渺无人烟的山中有一小孩每天给他送斋送水,最后寺院建成。一天,小孩向义兴和尚告辞:"我是太白金星,你精进虔诚,我变作童子照顾你,现大功告成,我去了。"说完腾云而去。后人便以太白名山,以天童名寺,可见心诚果能出造化。但太白金星是道教的仙家,这个传说很牵强。

天童寺一隅

作为对外文化传播与交流的宝贵遗产,天童佛教文化源远流长。我不是为天童寺打广告,如果大家想开启一次沐浴心灵的禅学之旅,可以报名天童禅学专修课程。轻轻扫尽心底的雾岚,快意感受心与山水相通的美妙,给自己的心灵带来纯净与安宁,仿佛一朵随时绽放的百合,天童参禅能带来安静和清香。

134

2001 年,一位"爱搞事"的法籍华人企业家看中了位于鼓楼东侧的一块"黄金宝地",准备投资房地产开发。结果一挖,大量遗迹纷纷出土,一座保存完整、规模宏大、形制独特的元代建筑遗址逐渐显形,国内首个古代大型仓库就这样出土了。

丰富的文化内涵及史料价值让政府果断叫停了房地产开发项目。这个项目成了宁波市历史上规模最大、成果最丰硕的一次城市考古发掘,也是中国宋元考古的一次突破。这个成果就是永丰库遗址,出土可复原各类文物八百余件,大量贸易陶瓷来自我国宋元时期大江南北不同区域的著名窑系,反映了宋元时期宁波"海上丝绸之路"发展繁荣的历史真实,充分证明了宁波是我国古代"海上丝绸之路"的重要贸易港。

135

古人赏春,多以梅花为第一枝,如唐人张谓"不知近水花先发,疑是经冬雪未销",元人王冕"忽然一夜清香发,散作乾坤万里春",后来辛弃疾一句"春在溪头荠菜花",更是清新脱俗的惊人之语。如今宁波大众赏春追逐的春景第一花,竟然是土得不能再土、熟得不能再熟、俗得不能再俗的油菜花。

每年春天,在奉化的大堰镇,都有宁波市区人驱车前来观赏油菜花盛开的壮观景象,年年升温,公路堵车。

136

商量岗是宁波全境第一高峰,不是一般的司机能够开上去的,绕过山路十八弯才能到达。一到冬季,渐渐变成宁波的林海雪原。随着旅游业的不断发展,商量岗有了滑雪场,虽然是人工造雪,但到此地一样能体会到北方的寒冷。滑雪带来的激情,让宁波冬季旅游不再无趣无味,而是绽放自由的激情。在这之前,1935 年秋,这块风水宝地被蒋介石相中,老蒋的口气蛮大的,欲把它打造成"中国第二庐山"。岗上至今还留着蒋、宋避暑别墅中洋房、桂雨池、武岭军官学校等旧址。

137

坐落于三江口的宁波老外滩,是中国历史上最早的外滩。比上海外滩还早个约二十年。经过百年落寞,2005 年江北老外滩重新开埠,也开始了它的"夜的王国"。老外滩的夜场中,"三叶草""贝斯""搭界""乐卡""波波街""天禧""潮人"为宁波最鲜活、最具年轻群族文化的夜店。

外行人以为老外滩赚钱容易,一个个不差钱地往里投,其实真正赚钱的没几家,有几家能收支持平就偷着乐了。世人眼里看开酒吧的,无非就俩字"坏人!",觉得他们天天不务正业。说实话,干这行熬夜伤肝,赚的是辛苦钱。

138

宁波人若有价值十万元的股票烂在手上,对外一般宣称一百万,同时注意面部表情的调整,一定要风轻云淡、宠辱不惊,哪怕常常为此彻夜失眠。因此,如果你缺钱,不到走投无路,尽量不要向宁波人开口,因为这是宁波人忌讳的。宁波人不肯轻易借钱给别人,也不会轻易向别人开口,最好就是互不搭界。

139

周处除三害的故事,小学课文里读过,记得其中一害是兴河中的蛟龙,而宁波一直流传一个"黄晟斩蛟"的故事,斩的也是蛟龙。传说蛟龙在甬江兴风作浪,为害生灵,黄晟跳下甬江与蛟龙鏖战,一直追到桃花渡,最后将蛟龙斩死。宁波百姓为纪念黄晟斩蛟龙、为民除害,五月端午家家户户用菖蒲做成宝剑,与艾草扎在一起挂在门前,祈求神灵辟群妖——都说习俗是这么来的。

史载唐末黄晟曾任明州刺史,最大的功劳是在宁波子城外复筑十八里的罗城,主要是为了杜绝"外寇"即外来敌人的窥探,保护百姓的安全。由内城而外城,宁波城市的现状,到了唐朝,基本形成。黄晟成为"宁波城市之父"是真,只是那个斩蛟龙的传说有点假。

140

做宁波的乞丐,要犀利!曾有一个被网友誉为"究极华丽第一极品路人帅哥"的宁波乞丐,因为他放荡不羁、不伦不类的气质,以及那原始版的"混搭"潮流,极度冲击人们的视觉神经,开始被网友追捧,最终被热心人带回江西与家人团聚。他就是传说中的"犀利哥"。

"网红犀利哥"

有人说他长得像张震,也有人说他长得像韩星张东健。网友们对他的混搭穿着进行了到位又幽默的解读。不论是真诚迷恋,还是带点玩味的戏说,网友对"犀利哥"的评价极高。这个平平无奇的街头乞丐,凭一身随意混搭的旧衣裳一夜成名。"犀利哥"走红网络后,很多人都以此励志曰:"犀利哥也有春天。"沦落到宁波的乞丐不会灰心啊,走红的"犀利哥"就是榜样。

141

开埠后,一批批外国传教士来宁波布道,新式教堂耸立三江口。1879 年,有个叫戈鲲化的人,他顶戴花翎,身着官服,足蹬皂靴,乘船从三江口出发,堂而皇之驶进了大洋彼岸。

戈鲲化不是去美国东西部深度游,不是去跟美国人谈生意,而是受聘到美国哈佛大学做教授。这是中国第一次向西方大学派出教师传授中国文化,在中美文化交流史,乃至整个中外文化交流史上,都具有重大意义。一名书生不远万里去了美国,创立哈佛大学的中文教育,在中美文化交流史上写下了宁波的名字。哈佛大学燕京图书馆墙上悬挂着一幅戈鲲化的照片,他清癯的脸上生着一双睿智的眼睛……啧啧,一枚老底子的帅哥!

142

宁波人屠呦呦,是位不善交际、个性直率的"三无"科学家,而中国首位获得诺贝尔奖的人,就是这么一个英文不太懂、院士都不是、论文没几篇的宁波老太太。但如今只要宁波人说出"屠呦呦"这个名字,全中国人民谁不知道?

搞科研嘛,本就需要守得了岁月,耐得住寂寞。屠呦呦获诺奖在今天给人最大的启示是"不忘初心，方得始终"。青蒿素是通过屠呦呦认认真真做事、扎扎实实工作才发现的，这是青蒿素发现史蕴含的值得所有人学习的经验。挽救了发展中国家数百万人生命的"抗疟神药"青蒿素，今天上头条，明天上微博，搞得不少宁波人问自家爹妈："阿拉小时候打过吗？"

143

1984 年，世界船王包玉刚阔别家乡多年后，第一次踏上宁波的土地，南国书房"天一阁"相关人员立马给他递上刚刚检索出的镇海包氏族谱。令包玉刚惊喜的是，想不到自己竟是"包青天"——包拯的第二十九世孙！据传，包玉刚当即也给宁波送上一个礼物：我要捐建宁波大学！

144

韩剧、美剧不曾流行时，国人一贯爱看香港 TVB 剧，"邵氏出品，必属精品"的烙印早已深入人心。邵氏操盘手就是宁波人邵逸夫，道上的朋友都喊他六叔。他早年在宁波庄市读书，和校友包玉刚还有点熟，活了一百零七年的经历特殊，导致网上段子手想瞎编也几乎编不出啥。他是香港电影代表人物，打造了一个"东方好莱坞"，培养了周润发、周星驰、梁朝伟、刘德华、郭富城、刘嘉玲、杜琪峰等大腕儿。

内地人知道"邵逸夫"，多半是从遍布全国高校大大小小的"逸夫楼"得知。作为香港的大富豪之一，邵逸夫在内地捐赠巨款资助教育，帮全国各地建起了用于教学、科研的近千座"逸夫楼",当之无愧地获得"中华慈善奖终身荣誉奖"。

145

做了一辈子的女人,什么时候最美丽?做新娘的时候。

十里红妆女儿梦,宁波当地嫁女的嫁妆有十里之长,大到床铺家具,小到针头线脑,一应俱全。迎嫁妆队伍浩浩荡荡,绵延十里,规模声势之大,嫁妆数量之多、门类之齐全、制作工艺之精湛、艺术价值之高、耗费之昂贵,均为全国罕见。"千工床""万工轿"集中了雕刻、堆塑、描金、勾漆、填彩等工艺手段,又包含小木作、雕作、漆作、桶作、竹作、铜作、锡作等民间匠作。嘿嘿,这么浪漫、上档次的结婚排场,宁波的女儿要知足!

146

不要以为只有福建、广东人信妈祖,不少宁波人也信这位"中华天后"。"海道辐辏之地"的宁波,早在南宋时期,就开始创建妈祖行宫,至清代中晚期,妈祖信俗已深入宁波乡村、海岛,各地纷纷立庙祭祀,天后宫遍及宁波。最鼎盛的时候,宁波地区有天后宫一百三十多座。只是随着时代变迁,市区现存的天后宫还剩庆安会馆和安澜会馆了。妈祖一生奔波海上,救急扶危,济险拯溺,护国庇民,福佑群生,航海人敬之若神,她为名副其实的"海上女神"。

147

宁波人黄宗羲,是明末清初的一位著名思想家,道统"深刻"。有人说建文帝是从宁波三江口桃花渡出海而走,黄宗羲不屑地说了四个字"绝无此事"。在他众多学说中,没有不着边际的八卦,却有一条赫赫有名的"黄宗羲定律":不分土地好坏都统一征税;农民种粮食却要等生产的产品卖了之后用货币交税,中间受商人的一层剥削;历代税赋改革,农民税赋在下降一定值后,会涨到一个比改革前更高的水平,每改革一次,税就加重一次,而且一次比一次重。黄宗羲称之为"积累莫返之害"。

龙虎草堂是黄宗羲晚年著书立说之处,草堂与黄宗羲墓皆位
于宁波余姚陆埠化安山中

前些年,"黄宗羲定律"引起了温家宝同志的重视,他曾强调改革要走出"黄宗羲定律",使农民的税负降下来,还要求财政、农业等部门的领导在推行农村税费改革时注意研究这个问题。

148

20世纪30年代,宁波人应昌期到上海银行做练习生,热爱围棋的他心中涌动着一个愿望:"将来,如果有了钱……"

1989年9月5日,第一届"应氏杯"世界职业围棋锦标赛总决赛在聂卫平和曹薰铉之间展开,自此"应氏杯"世界职业围棋竞标赛每四年举行一次。应昌期想把凝聚中华文明的围棋推向世界,只是他多么希望,中国人每次都能赢啊!

149

小学有篇课文《童第周的故事》,让全国人民见识了宁波"学霸"的厉害。从1955年中国科学院选聘学部委员开始,一直到"两院院士"评选,几乎每次都有宁波籍科学家当选。宁波籍科学家遍及中国科学院的各大分院和中国工程院的各大学部。中国实验胚胎学的主要创始人童第周,有"生命之父"之称的贝时璋,中国教育界第一位美国科学院外籍院士、遗传学家谈家桢,被国际医学界誉为"断肢再植之父"的陈中伟,中国地理科学泰斗任美锷,他们都是宁波人。此外,路甬祥、杨福家、屠呦呦等,都是值得宁波人骄傲的甬籍"学霸"。

150

鄞州区是一块出音乐家的地方。有段时间,马友友经常回宁波演出。这位大提琴家很了不起,他是将东西方文化成功结合的艺术家,据说奥巴马也是他的粉丝。而他的同乡俞丽拿,是小提琴协奏曲《梁祝》的首演者。1959 年,这首乐曲正是从她的琴弦下飞出,一路萦萦绕绕,成为家喻户晓、蜚声国际乐坛的经典曲目。中央音乐学院的俞峰院长也是鄞州区老乡,为国内首屈一指的指挥家。假如这三个人同台来宁波办个交响音乐会,不妨借家乡的《马灯调》作为开篇。

151

宁波的女作家都挺能写的,苏青自不必说。1981 年,香港天地图书出版社出版《於梨华作品集》十四卷,钱锺书先生题写了书名。迄今为止,在港台出过全集的女作家只有张爱玲和於梨华。於梨华成为海外华人的代言者和海外华文文学的领路人,其文学成就已成功载入20 世纪文学史册。近年来,宁波还出了被封为"小资教母"的毛尖,还有安妮宝贝和阿耐。在她们笔下的故事里,总有一滴是可能淋湿你的雨。

152

甬剧的名气蛮大的,上海滩还有一群老粉丝。根据柔石小说改编的《典妻》一度获"梅花奖",而说到它的老祖宗——"滩簧",人们大都不甚了解。所谓"滩",就是唱"路头戏";"簧"是一种曲调。宁波滩簧旧称"串客",由田头山歌演变而来,最初流行于奉化、鄞州一带,开腔第一句用"上云",中间大段是"清板",敲锣鼓唱"下云"为末腔收尾。"滩簧"在曲调方面,吸收了苏滩、乱弹、甬昆的一些调头,欢快而明亮,充满浓郁的草根气息。初始演出者多为农民和手工业者,闲暇之余串游四方,"串客"之名由此而来。

滩簧小戏演十出,十个寡妇九改节,各类"串客"班直到民国初期,仍旧不能公开在宁波城内演出。直到 20 世纪 20 年代左右,才公开在城里演唱。滩簧七十二小戏是甬剧早期代表性作品,锣鼓敲三敲,痒煞脚底心。20 世纪 30 年代演到了上海滩,京剧评出"四大名旦"后,宁波人也赶时髦,随即将筱姣娣、孙翠娥、金翠玉、金翠香捧为滩簧"四大名旦"。

153

说起昆曲,不少人都知道它是产生于苏州昆山一带、我国最古老的剧种之一,很少人会想到它与宁波有什么关系。2001 年昆曲被列为世界非物质文化遗产后,联合国教科文组织来复评,日本 NHK 电视台拍了纪录片,里面就有宁波的场景。宁波是昆曲发展史上必须提到的一个重镇,甬昆是一个很纯粹的昆曲流派,没有跟其他的剧种结合在一起,但具有浙东文化特色。在 20 世纪 60 年代和 80 年代,苏州两次把宁波的老艺人请去,最后还出了一本书叫《宁波昆剧老艺人回忆录》,记录下了宁波曾经有过昆曲的遗产。

假若"甬昆"没有消失,假若这一昆曲流派至今仍活跃在宁波城乡乃至全国舞台上,能为宁波这座历史文化名城增添多少"含金量",能将宁波的文化软实力提升多少层级!它也将为中华民族戏剧百花园"锦上添花"。

154

龙,是中华民族的图腾,其"活跃程度"在宁波很高。前面说过黄晟斩蛟桃花渡的故事,而宁波余姚还有种独特的龙——"犴",传说它是东海龙王的第四个儿子,常年住在杭州湾。余姚先民们为表达对"犴"图腾的崇拜,还衍生了民间舞蹈——"犴舞",阵法有拉场、吃珠、转身、三跳、进桩、串阵、甩尾和收场八个环节,风格粗犷彪悍,带有原始的神秘之气。不过这种舞蹈,余姚人轻易不表演,这就使它更加神秘了。

155

明代文学家冯梦龙在"三言"中写了"月明和尚度柳翠"的故事,催生了宁波民间哑舞"抛大头"。"大头和尚"哑舞表演中有老和尚、小和尚、柳翠婆三个角色。老和尚代表除魔消灾、救苦救难的菩萨;柳翠婆是火神菩萨——民间恐惧的灾难象征。哑舞从小和尚跳着开山门的舞步"下山"开始,到老和尚背出柳翠婆直到村外结束,跳出了人们"驱灾星、保太平"的心理,娱乐与消灾两不误。

绍兴人祭神办社戏,宁波乡村为保太平就跳"抛大头"。"咚咚咚,锵锵锵……"喧闹的阵阵锣鼓中,戴着大头面具的"小和尚""老和尚""柳翠婆"一摇一摆地走出来时,新年的气氛也渐渐浓厚起来。

156

打造宁波人自己的交响乐团,一直是宁波人多年的梦想。宁波交响乐团的首演是宁波 2016 新年音乐会。令人耳目一新的是,充当首场音乐会开篇序曲的是欢快的《马灯调》。管弦演奏出的《马灯调》,气势磅礴,丝毫也不比西洋舞曲逊色。时任中国歌剧院院长、宁波交响乐团艺术总指挥兼首席指挥、宁波人俞峰说,《马灯调》是宁波家乡的声音,"哎格伦登哟"就是土生土长的宁波声调。经他这么一说,草根的《马灯调》瞬间高大上。

2017 新年音乐会开演。这一次,仍然是以欢快的《马灯调》开启新年音乐会,热情的观众把宁波大剧院挤得满满当当。

157

雀冬冬,一个流传余姚和慈溪西部的曲艺品种。熟悉"三篙恨"故事的,都听过雀冬冬。在慈溪和余姚,一般上了年纪的人都知道这句民谣唱词——"马廷贵,黑良心,只撩皮箱勿撩人",所以余姚人不敢在慈溪人门前唱《三篙恨》,因为是在骂老祖宗。

有一年,方桥姚剧团在慈溪马家路唱《三篙恨》,马家路人把他们赶了出来，还把戏台拆了。唱雀冬冬的演员，差点被打得头破血流，幸亏跑得快。这是真事，不是凭空捏造的。

158

宁波人听弹词，听的是苏州评弹。苏州评弹，宁波人蛮喜欢，各种特色调头，一度是宁波人雅俗共赏的娱乐消遣。琵琶抑扬顿挫，吴语缠绵悱恻，宁波老一辈有钱人的大户人家，请客用膳之前，专门请人上门演奏评弹，赏过一曲之后再动筷子。

苏州评弹在江浙沪一带流传，常熟是第一站，宁波是苏州评弹流传的最后一个码头，到台州就是"台州乱弹"，再下去到温州就是"鼓词"，调头做派与苏州评弹完全两码事，路子越来越野。

159

就像豫剧之于河南，评弹之于苏州，走书是宁波人日常生活的节奏、梦境中的回响。轻松的马头调，明亮的快二黄，一桌、一椅、一把扇子，简简单单的舞台，"的笃的笃"的击板声与宁波韵味的念白，听得人如痴如醉。很多宁波人一边吃着海鲜老酒，一边听着广播里传来的"可怜忠臣杨家将，被奸臣残害"，度过一天中最惬意的晚餐时光。

宁波走书，讲的是故事，说的是一个城市的百年传奇。甬城里的说书人，携一把琵琶、一柄折扇，轧四弦胡琴，可以将沙场边疆的刀光剑影、忠将贤臣的运筹帷幄、才子佳人的花好月圆、市井里弄的家长里短……说得有条不紊，快意潇洒，不带重样。

160

宁波的"小热昏"是本土"脱口秀"。宁波城隍庙里的"小热昏"自嘲是"说浑话",当年偶尔也会讥刺时弊、讽喻世道,但为求保全,避免"祸从口出",常对听众宣称自己头热发昏,满口胡言、不必当真,"小热昏"由此得名。

表演"小热昏"的,宁波本地人少,上虞、绍兴"跑码头"的多,所以常用宁绍小调的言语发噱。虽是外乡人,也都入乡随俗,学会瞎子唱新闻那一套:"犯关犯关真犯关,宣统皇帝坐牢监。正宫娘娘担监饭,红皮老鼠拖小猫……"等"书帽子"摘掉后,才开始唱正文,接二连三调侃城乡新闻和家长里短,说到紧要处,便要抖卖玄关,兜售那"包治百病"的"梨膏糖",识相的老面孔们会纷纷解囊,但也不乏溜之大吉的观众。

161

过去,一些拥有雄厚实力的店铺或商会,都在大型庙会之前,出资或集资邀请一些剧团进行助兴演出,以招徕顾客。而一些剧团和江湖艺人也都会趁机赶来,献艺演出,挣钱糊口。所以,戏曲杂剧的演出是庙会的重要内容。宁波的庙会所演出的有甬昆、越剧、甬剧、宁海平调、姚剧、四明南词、宁波走书、唱新闻、宣卷等,它们所演的故事内容多为才子佳人、忠臣孝子之类,唱腔优美。

而今"民乐剧场"是宁波老年人专属的假日剧场,入座后,泡上杯茶,嗑嗑瓜子,听听《美丽的心灵》《带血的鲜花》《保密局枪声》等走书,傍晚散场后,坐在城隍庙的长条凳上,吃一碗牛肉细粉汤,然后拍拍肚子回家,做人是何等潇洒!

电影大片、互联网给传统曲艺带来一定的冲击,随着各地非物质文化遗产保护的热潮迭起,四明南词、宁波评话、蛟川走书、三北小锣书在"民乐剧场"频频亮相,张少策、陈祥源、沈健丽、乐静、胡新昌等传承人相继登台……前几年,宁波评话泰斗张少策收徒仪式在郡庙"民乐剧场"举行,八十七岁高龄的张少策收知名电视主持人阿伟为关门弟子,在坊间被传为一段佳话。

162

宁波市有个宁海县,至今保留着一个古老的剧种叫"平调"。《金莲斩蛟》是平调的传统戏,戏里有个角色叫独角龙。独角龙的表演非常"雷人",嘴巴里可含十颗猪獠牙,为《金莲斩蛟》的高潮。头戴长翎、画着脸谱的演员,本身已经恐怖,突然间从嘴里吐出两颗五六厘米长的大獠牙,观众不由得会被吓一跳。一咬、二舔、三吞、四吐,一眨眼又变成四颗、八颗甚至十颗獠牙,动作变化之多令人眼花缭乱:时而快速弹吐,时而刺进鼻孔,时而上下歙动,左右开放,颇具川剧"变脸"的神韵——这绝技叫作"耍牙"。若说起平调,观众最爱点看《金莲斩蛟》独角龙的戏文。

说实话,平调的曲牌和唱词没有甬昆那么高雅,但平调的生命延续到了 21 世纪的今天,甬昆却消失了,其中独角龙"耍牙"的绝技功不可没。20 世纪 60 年代初,六小龄童的老爸——绍剧名家六龄童,观看平调剧团刘兴官的独角龙耍牙,非常钦佩,当场端来一碗清水,恭恭敬敬地奉在刘兴官的面前,要求拜师。现在"独角龙"传至"耍牙妹"薛巧萍,她在《中国达人秀》上一举成名。"耍牙妹"从来没有以艺术的名义摧残青春和生活,人家只是单纯喜欢,她直言为耍牙多年没谈恋爱,感动了无数网友。

宁海平调——"耍牙"绝技

163

　　以前，宁波的官员向外地人介绍宁波时，总会甩出准备好的四张牌——宁波港、宁波帮、宁波景、宁波装。受赐于大自然得天独厚的地理条件，更得力于宁波大厨们矢志不渝的烹饪实践，这几年"宁波菜"渐成风格，自成一脉，终于修炼到家，成为介绍宁波的第五张牌。

　　胃里一半是大陆、一半是海洋的宁波人，成天在两种异质文明强烈撞击的影响下，脑子特开窍。用今天时兴的话，气候和饮食习惯使人的生理产生变化，进而影响性格特点。这里的人脾气温和，能经商发财。

　　官方评定的中国四大菜系中宁波菜并没有一席之地，那又怎样，根本无损宁波人的自尊心，也无损宁波菜铁杆粉丝一丝一毫。打开世界去看，关起门来，我们宁波人可以自己吃得不亦乐乎。

164

　　张爱玲的好闺密、宁波作家苏青在《谈宁波人的吃》中写道："自己因为是宁波人，所以常被挖苦为惯吃咸蟹鱼腥的。其实只有不新鲜的鱼才带腥，在我们宁波，八月里桂花黄鱼上市了，一堆堆都是金鳞灿烂，眼睛闪闪如玻璃，唇吻微翕，口含鲜红的大条儿，这种鱼买回家去洗干净后，最好清蒸，除盐酒外，什么料理都用不着……我觉得宁波小菜的特色，便是'不失本味'，鱼是鱼，肉是肉，不像广东人、苏州人般，随便炒只什么小菜都要配上七八种帮头,糖啦醋啦料理又放得多,结果吃起来鱼不像鱼,肉不像肉。又,不论肉片、牛肉片、鸡片统统要拌菱粉,吃起来滑腻腻的,哪里还分辨得出什么味道?"

不失本味,她用四个字概括出了宁波味道的灵魂!苏青这位民国资深吃客,她点评宁波菜的味道,说鲜得差点没把自己舌头吞下去,这样的形容至今无人能超越。

165

"香江四大才子"之一蔡澜在做 TVB《蔡澜叹名菜》的节目时,想做个宁波菜专题。于是,他请来了倪匡,让倪匡列一个他最想吃的宁波菜名单。宁波老乡倪匡一口气写了二十几种,如剥皮大烤、大小黄鱼、海瓜子、乌贼混子、鲨鱼羹、龙头烤、蚶子……大多是海货之类。

蔡澜看了这份菜单后,当场吞咽了好几口口水。去宁波吃饭嘛,大部分人是奔着海鲜而来的。恰逢三五知己,搛起一块红膏炝蟹,往醋里一蘸,送进嘴巴一吸,咪上一口滚烫的热老酒,蟹膏挖挖,蟹钳嗑嗑,又是何等的潇洒!送进嘴巴一吸,早已涌动在舌尖底下的唾液与冷悠悠的炝蟹、浓郁郁的酒香,立刻搅和成一股无与伦比的鲜美传遍全身,细酌慢品、一饮一啄之际,老宁波们脸上泛着酡红,往往会发出感叹:喏,人生也不过如此嘛!

166

一直以来,勤俭持家的风气贯穿于宁波人生活的始终。常听坊间流传,过去宁波人日子都过得清贫,吃饭吃菜也厉行节俭,一份蟹糊摆上桌,用筷子尖蘸了,唯恐过多,还要甩上几甩,才肯放进嘴里下饭;或三颗泥螺过一碗热泡饭;一块豆腐乳划四份,油炸花生米倒进竹筒数着喝粥……

旅居海外的"宁波帮"发迹,天天在外应酬,铜钿多了,衣食无忧,早饭总得改善些,吃好点了吧? 实则不然,你若问他什么最好吃,他往往会说还是家里的泡饭最落胃,更有甚者,说上海人早餐吃泡饭的寒酸气,是宁波人传过去的。孰是孰非,现在也说不清楚了。

167

北方的雍容,隐在朱门高户的深宅大院里;江南的精巧,藏于市井人家的烟火中。浙东宁波,田野肥沃,河道舒展,山海之胜,海鲜食馔丰盈,譬如那东海野生大黄鱼,碰上"邱隘"的雪里蕻咸齑,就是天雷勾动地火,天造地设的一道"咸齑大汤黄鱼",立刻捧出宁波味道的气场。三天不吃的话,脚骨酸汪汪,连走路的力气都没了,可惜,野生大黄鱼如今已是水涨船高的天价了。

168

读书看报、刷微信,频频见"吃货"两字。《舌尖上的中国》两季播完,"吃货"一词的传播,在全国各地屡创新高。可是宁波人总嫌它有些"糙耳",沾染一股江湖油气。宁波人喜欢将美食爱好者唤作"吃客",相比粗糙的"吃货","吃客"更像是文化人,会开动脑筋,懂得钻研,心得体会一箩筐。宁波"今日头条"、微信阅读量较高的长微信上,基本上是"吃客"们写的段子,精湛的吃门槛里蕴含一段风雅。

宁波吃客怀揣一本"宁波美食地图",如数家珍。吃碗面结汤和生面,即使排半天的长队,非要去月湖菜场边上的"仓桥头";斩半只麻油鸭,一早就往白沙菜场跑,绕半个宁波城也心甘情愿;红膏炝蟹总是自家腌得入味,三点起床,一路往路林水产市场奔,何惧寒冬腊月的西北风?

他们无师自通,生来一张"金嘴",倒不是有口福吃遍天下美食,而是对吃有一种与生俱来的热爱与挑剔。

169

海鲜是活物,捕捉上岸不久就一命呜呼,也很容易变味儿。盐是宁波人的独门绝技,一把盐撒下去,只只海鲜变成"压饭榔头"。柴火灶里的白米饭,要结结实实地吃上三大碗。宁波人生来一副好脾胃,泥螺、海蜇、蚶子、蟹糊、醉虾……在宁波人的食单中,这些永远都是"咸"字当头,都是冷菜中的花魁。那令人窒息的鲜味,不管走多远,天南地北间闯荡的宁波人都会深深怀念。

冰箱下层冷冻格中,如果还存有一只舍不得吃的红膏炝蟹,宁波人的眼睛要放光,心里会泛出富足感,整个人的心情都会好起来。

170

你可以对宁波不甚了解,但你一定要知道宁波汤团。北方人过年吃饺子,宁波人的猪油汤团烫嘴巴。

要了解宁波,必须从了解汤团开始。在滚烫的沸水中,倒入洁白的汤团,热气腾腾的神游便可开启,在这氤氲的蒸汽中,听到喧哗的市声,听到内心的喜悦,也听到历史久远的回声。刚出锅的汤团盛在碗中,若急不可待地囫囵往嘴里送,一不小心,滚烫的馅心四溅,烫破舌尖的大有人在——心急吃不了热汤团,就是这么来的。

宁波汤团为宁波打了多少免费广告啊,多少人是先吃宁波汤团,才知道宁波这个地方的,而"宁波帮"的团结精神就像宁波汤团一样,具有抱团的黏性。汤团寓意团圆的文化意义,为整个中华饮食文化圈所认同。

171

宁波有一碗独一无二的臭冬瓜,"臭名远扬"已久,在众多"臭下饭"中,绝对是"奇葩"中的"奇葩"。臭冬瓜柔嫩中夹杂着一缕异香,溶于舌尖,浸润丹田,让人像乘云驾雾飘然若仙,虚无之间,分不清是臭,还是香。

未谙它习性之人,初尝第一口,觉得艰难无比,不堪承受。莫停箸!渐渐深入,而后又觉兴趣无穷,乐在其中,逐臭冬瓜之味,可谓"山重水复疑无路,柳暗花明又一村"。

"臭名远扬"的臭冬瓜曾令世界船王包玉刚念念不忘,那种臭可以在他的舌底储存好几十年,回乡省亲专门品尝,唏嘘一番后而解"莼鲈之思"。在这之后,臭冬瓜又被神话成一味清除怀乡诸症的灵丹妙药。

172

宁波人的嘴巴蛮刁的,刁得宁波人要懂时令,配合节气。初春二月,黄鳝刚出洞,韭芽鲜嫩,稀罕之物烹出一碗"宁式鳝糊",合并山中春笋、溪头的螺蛳,满嘴的早春滋味。至于立夏的茶蛋、松花团、"倭豆米饭脚骨笋",秋天的"鸭子芋艿糯米藕",隆冬的"带鱼要吃吃肚皮",都是宁波人追求的时令之味。饮食的节令之美,带着充满仪式的诗意,同宁波方言一样,玄妙得令人着迷……

173

宁波人有"露天吃饭"的习惯,只要不下雨,都喜欢把餐桌从屋子里搬出来,生怕隔壁人家不知道自家吃的饭菜。"二月二剃龙头,一年都有精神头",全国人民流行农历"二月二"理发,宁波人不兴这个,都改吃"露天米饭",叫得文雅一些就是"天野羹",饭后还要把剩下的饭抛一些到自家房屋顶的瓦片上,这个就叫"露天旺"。

尤其是夏天一到,墙门内的宁波人,依次将饭桌摆在弄堂口、明堂里、屋檐下,远远望去,一排排的露天餐桌"集体开动",井然有序。男人一律打着赤膊,背上还有刮痧的痕迹;女人穿着自己缝的睡衣,花花绿绿的;洗过澡的孩子,脖子和后背都是一层白色痱子粉……各色宁波"下饭"、时令小菜争奇斗艳,杨梅烧酒的香气,能从巷头一直飘到巷尾。

在三十多度的桑拿天,太阳下山后,饭店的空调包厢温度打得再低、再凉爽,客人们还是喜欢露天坐户外。大排档生意在宁波一向火爆,也就不奇怪了。

174

同一种食材,同一类菜肴,怎么烧出点花头?宁波人往往会掰掰手指头,心里煞煞清爽,反复酝酿一番后,大胆地追求变化与革新。

市井墙门人家里,一只家禽的吃法也别出心裁:惯例是半只红烧烧,另外半只白斩斩,内脏炒炒,头脚剁碎与茭白、毛豆子烧豆瓣酱,脚水下面条、放年糕汤,血和肠造就一碗宁波独有的"肠血汤"……你瞧瞧,光这一只家禽,宁波人吃出这么多花头,还安排得井井有条,如此得法!

想烧出点花头,大胆地追求变化与革新的结果,就是往往不按常理出牌,宁波人看料拣新鲜,混搭起来也是千变万化,活泥螺烧茄子,濑尿虾烧冬瓜,全靠掌勺的"脑洞"大小和语文学得好不好。

175

早些年,外地人第一次来宁波,早起逛甬城的街巷,集体刷马桶的画面给予他们强烈的视觉冲击。如今这市井中一景,集体消失,换成了穿了睡衣睡裤的主妇们集体买"下饭"。

买好菜的主妇们常会用一根竹筷子串上几根冒着热气的油条,持着在街上走。回家后,将油条撕成若干小段,一家人趁热,蘸着酱油过泡饭。既做早点又当菜,有这几小段油条来充量,人也比往常添出几分气力。这几分气力,是要帮宁波上班族轧上拥挤的公交车,帮上学的孩童做操念书直熬到上午的第四节课的……

176

有人的地方就有江湖,有江湖的地方就有餐饮。餐饮的江湖,从来都是新人辈出。一个店面可以挺过三年,就算是店家有真本事了。而要论性价比、生命力、可复制性,宁波街头唯一能和沙县小吃、兰州拉面两巨头一决高下的本土品牌,可能只有一碗面结面。

面结,就是湖州人口中的"千张包"。宁波人把"千层"置碱水中泡软,裹入三肥七瘦的新鲜猪肉糜,将"千层"对折,把左右两角向上折起,然后滚一下,便成一只一指长的面结,拿蔺草一捆,四个为一扎。面结是宁波本土化的"千张包",配上一碗热腾腾的烫面,两个油豆腐,一撮嫩青菜,就是深受宁波人喜爱的面结面。

宁波人留恋老味道,对早年间保留着"国营风范"的老店也情有独钟。如今市面上的面结店如雨后春笋般纷纷冒出来,不少都打出"仓桥头"的牌头,究其正宗,唯有两家,一家在华严菜场边上,另一家为月湖菜场郑国美的老店,其余的是"李鬼"。

177

宁波老话:"勿吃'楼茂记'香干,生活做煞唔相干。"意思是说,人活一世,最苦最累的活儿要做,但"楼茂记"香干也必须尝,人生苦短,吃块"楼茂记"香干才不失生活的意义。

遥想当年,灵桥还是座系着十六舟的浮桥,船只过往频频,斜晖脉脉水悠悠……最撩人处,莫过于船家们坐在船头,搁一小碟酱菜,咪一口糯米老酒,随手掰一块嚼劲儿十足的"楼茂记"香干,和"桥头老三"们一起吹牛讲大道。不就是一块豆腐干嘛,说得神乎其神,楼茂记也太会做生意了。

178

江南的冬天漫长而湿冷,和煦的阳光往往不可多得。老天爷偶尔放晴,宁波家家户户开始支起晾竿晒垫被。屋檐下的竹匾里,窗前檐下,总会挂出一条条鳗鲞,散发着阳光的香味,传递着年节临近的讯息。夹带着晒橘子皮的香气,若有似无的腥气飘荡在幽深的弄堂里……

宁波人吃鱼,据一年四时不同,吃法也变通,所谓春季品鲜,夏天吃活,秋后嗜肥,而暖暖冬日里,便是一个"鲞"字当道。海鳗风干后为"鳗鲞";大黄鱼制成的叫"白鲞";乌贼晒干的是"墨鱼鲞";河豚炮制后为"乌狼鲞";像"龙头烤"、橡皮鱼干之类,也属鱼鲞,风味各异。以前宁波人到上海走亲戚,必带上一大捆鱼鲞,大包小包里塞满了咸蟹、泥螺、对虾等水产品,手里再拎只土鸡,吭哧吭哧挑箩撬担到了上海。许多人宁可平时多吃几餐咸菜汤,也得在上海撑足这个面子。上海人来宁波人做客,带上一包大白兔奶糖和几块肥皂,就觉得自己客气得不得了。

不要在乎"鲞"字不会写,不会读,到宁波吃过它们的美味,你一下子就记住了。

179

走在宁波街头,看到蜿蜒二三十米的队伍,毫无疑问,那必定是排队买油簪子的三代"老中青"。无论是"文昌王阿姨",还是"南塘老街",各家店门口几乎常年排长队,风雨无阻,雷打不动。

外地人不知道油簪子为何物,实则就是两种颜色的油炸小麻花,它大小形似古代妇女插在发髻上的簪子,黄的甜,绿的咸。卖油簪子的店面还有对联"纤手搓成玉数寻;碧油煎出嫩绿黄",把个平常不过的麻花,形容得那么诗情画意——宁波人对吃忒有情怀了。

这年头,油簪子越来越成为"看得见,未必能吃到"的食物,它最能考验吃客的毅力,许多人过了晚饭钟点,饿着好一阵肚皮才能买到两斤油簪子,也不足为奇。

180

在清晨的宁波街头,马路边炸油条的,很多都兼卖粢饭团。锅上放置一个原木色大桶,有人来买时把桶盖一掀,解开棉布,冒出一股热腾腾的蒸气,那糯米香气就会迎面扑来,在清冽的寒冬尤为勾人。

我小时候不曾在宁波街头吃过早点。早先一直嫌路边的摊点不够卫生,自己也觉得不好意思,在大街上吃东西有碍观瞻。事实上,某些宁波点心,譬如粢饭团,就一定是要在街头大嚼特嚼才有意思,一旦上了正经饭桌,吃起来反倒没啥味道。特别在冬天的早晨,踽踽独行在寒凉的晨曦里,手握一个温热实在的粢饭团,咬一口捏上几下,手心和胃都热烘烘的,边走边吃,那个滋味就格外香、格外温暖。

宁波的粢饭糕有创意,苔菜磨粉加入粢饭,饭就结成一块碧绿色的大糕。手持由青竹片、尼龙丝弯成的特制的"弓"来切糕,是宁波人的独门绝技。切好后的粢饭糕厚薄一样,像一副没拆封的扑克牌,但炸制时,一炸即分。

181

宁波人家中待客,待客人落座后,先是递茶,随后进茶点。即便普通人家,多是选上好的绿茶,配上一个果盘或几个瓷碟,其中必有苔生片、洋钱饼、云片糕等茶食。

北方人讲究实惠,宁波人则讲究精细,小食点心,无不做得异乎寻常的精美。量不在多,外地人可不要怨宁波人小气,所谓"少食多滋味"。所谓点心嘛,是锦上添花,而不是大快朵颐来充饥的,都是点到为止,却让客人永远存着一点对宁波茶食的回味。

182

宁波人烹制甲鱼的技艺，可能是全中国最好的。一道"冰糖甲鱼"位列宁波十大名菜之首。甲鱼与冰糖同烧，色重黄亮，具有滋阴、调中、补虚、益气等功能，吃来软糯润口、香甜酸咸。这道菜能在海鲜云集、咸鲜至上的宁波下饭里另辟蹊径，杀出一条血路，确实不容易啊！可是一般人家都不会自己动手烧，杀个甲鱼就要费老半天的工夫，搞不好还会被反咬一口，嘴巴馋了跑去"状元楼"就好了呀。

183

"晚稻成熟之后，就到了宁波人做年糕的时候了……"纪录片《舌尖上的中国》以这样温软的语调，缓缓地讲述水磨年糕的故事。几年前，这部温情的纪录片，让无数人的味蕾在深夜被唤醒。每个人的舌尖上都有一个故乡，宁波人从水磨年糕里，见到了故乡的风景。年糕，这种宁波人习以为常的主食，被如此深情地搬上屏幕，夹带着浓浓的乡音，确实拨动了不少观众的心弦。水磨年糕这种天生的宁波风物，仿佛注定要在"海定则波宁"的甬地绵延，被渐渐吃出了一股坚韧和大度，被细细嚼出了甬人的性格和脾气。

只是外乡人难以理解，为何窄巷高墙间长大的宁波人，从小吃年糕长大的宁波人，却讲得一口"石骨铁硬"的宁波话。宁波话比不上苏州话"嗲"，至少也要软糯一些啊！

184

腊七腊八,冻掉下巴。腊八节是春节序曲。喝腊八粥前,宁波老太们都要先端一小碗到院子里,围着葡萄架、果树转一圈,然后用汤勺小心地把腊八粥涂到每棵树上,嘴里还念念有词:"大树小树吃腊八,来年多结大疙瘩。"

腊八节凌晨,有着七百多年历史的宁波市佛教居士林前就排起了一溜长队,众人起早赶来为的就是吃一口这里的腊八粥,求个好运和好兆头。每年居士林都会免费施粥,义工们忙坏了,宁波的交警叔叔们一大早也蛮辛苦的。

185

杭州的"外婆家"开到了宁波,遍地都是。菜单上有一道桂花糯米藕的冷盘,可惜是冷冰冰的。要是半冷半热时用刀快切,浇上焐藕的甜卤,一盆色香味俱佳的"桂花糯米藕"上桌后,定会让你食指大动。糯米的糯加上莲藕的粉滑,若再淋上点蜂蜜,你夹起一块糯米藕,糯米和藕都会拉起长长的细丝,不由你不爱。

宁波人谢年请菩萨,祭祖做羹饭时,桌上必定供奉一碗藕,藕断丝相连,九孔通达,血脉总与祖先相承。吃藕的寓意在于"路路通"。这个"路路通"不得了,财运、福报都会来。

186

农历腊月廿三夜,灶君菩萨上天庭述职。年终总结汇报前,下界百姓总要供奉他吃好喝好,上天庭后要"好话传三遍,坏话丢一边"。为粘住灶君的嘴,少向玉帝打小报告,大概人人都要起敬畏之心,都小心谨慎地供奉这位家户大神,北方人多供奉"糖瓜""麦芽糖",宁波一带皆是清一色的"祭灶果"。

在物资匮乏的年代里,腊月廿三是宁波孩童们最向往的日子,他们往往等不及"祭灶果"上供就急着拆包,挑选自己喜爱的果子,大人常教诲道:"侬要乖乖过,菩萨供过拔侬吃。"实则是,逃过大人们的眼皮底下,偷上一块的味道最过瘾。吃罢"祭灶果",户外的鞭炮,接二连三地响起,年的脚步也越来越近了⋯⋯

187

大年三十的宁波菜场里,春卷皮子和荠菜是最畅销的,是要抢购的。卖春卷皮的也是"狮子大开口",价格比往日翻倍。宁波人年夜饭席间总要上一道"荠菜春卷",容不得丝毫篡改。倒一碟玫瑰米醋,咬一口裹着荠菜、香干、冬笋的春卷,一股浓浓的野菜香气是早春的味道。或是春节走亲戚,吃腻大鱼大肉,倘若桌上来一大盘"荠菜笋丝炒年糕",顷刻空盘,下手晚了肯定抢不到了。

你这厢,还在抱怨迟迟不来的春天,在咬开一个春卷之后,才会慢慢悟到:噢,又是一年春回大地了! 接下来可以看油菜花啦!

188

清明前后,下过几场绵密的小雨,宁波一夜之间春和景明、万物皆润。山中的春笋、河里的螺蛳、溪头的大白鹅成为这时节的盘中餐。有两道点心必不可缺:麻糍与艾青团。它们仿佛天生拥有召唤春光的力量,人们笃守的平淡生活,由此变得意味深长。在温情脉脉的时光里,烙一盘墨绿的麻糍,裹一屉艾青团,一咬一个春天,如同身在旷野……

即便把艾青团写得这么美,我老妈也不爱碰,一直说有股子中药味。小时候,她吃完艾青团的时候,见我还没吃完,跟我说:"吃不下就别硬塞了,扔了吧。"呃……我老妈平时是一个多么节省的人啊!

189

"立夏鸡蛋松花团,倭豆米饭脚骨笋。"立夏那一天,宁波孩童在吃上几碗"倭豆咸肉糯米饭"后,必定要称体重,因为食材正当时,倭豆糯米最饱人,吃完了去称体重,顺便衡量发育得如何,这个体重一年中最准确——当然,这是宁波人的标准。

我总觉得新鲜倭豆带一股臭味,可宁波人就是爱吃倭豆煲、兰花豆的味道。倭豆就是蚕豆。"倭豆开花黑良心"——它开的花有些诡异,确实不好看。

190

浙江一带的粽子历来各有千秋：嘉兴有"五芳斋"；湖州有"诸老大"；衢州一带的"辣粽"还放骨头，一不小心还硌牙。但之于宁波人，相比市面上馅料五花八门，一口咬下去油腻腻的粽子，许多人心里惦记的，还是那清清爽爽的碱水粽。白糖"揾揾"的滋味永远是不可替代的。

宁波人捡来笋壳，晒干后存起来，端午前后拿来包粽子，笋壳裹粽仿佛又是宁波人的专利。淡黄色的毛笋壳上有深褐色的斑点，仿佛带有豹皮斑纹的野性之美！

古谚云："四月种田下秧子，五月白糖揾粽子。"端午，墙门里的老太们会搬出一个个米箩，左邻右舍围拢来帮忙一起裹粽。平日里，因鸡毛蒜皮积下的间隙，邻间已有好一阵子互不往来的，或因一起裹端午粽，或因一方亲自上门送去一串自家包的碱水粽，往日的隔阂被一笑而过，彼此又扯起"石骨铁硬"的大嗓门，唠起家长里短……

191

稻草嘛，本是用来做饲料、垫猪圈、当燃料的，外地人不承料想，宁波人连烧完的稻草灰都可以废物利用，滚烫的沸水淋一下，过滤成"灰汁水"，pH值立马大于7，成了一碗草根的碱水。

这个"灰汁水"用处大着呢，既可以裹粽子，还可以做一种古早味的灰汁团，弹性十足。三伏天里最好的解暑小食，必定是清凉爽滑够筋道的灰汁团。它可是地道的乡里货，是北仑柴桥一带著名的点心，当地重阳节,历来有女婿向岳父岳母挑"望节担"的习俗,那圆圆的灰汁团是不可缺少的"担品"之一。

有时候,宁波人的节省常被挖苦:"你们宁波人连稻草灰都能派上用场哦!"

192

三伏天,街头巷尾都有摆茶水摊的宁波阿太,一边卖木莲冻,一边卖地力糕。一块凉丝丝的地力糕就着木莲冻囫囵吞下,那类似果冻的口感,混合那股渗透力很强的木莲冻,不知不觉赶走几分夏日的烦躁,获得一种酷暑里难得的惬意。如今色彩鲜艳、掺入各种添加剂的果冻,充其量是它的儿孙辈。

多年以后,我读到鲁迅的《从百草园到三味书屋》,其中一段写道:"何首乌藤和木莲藤缠络着,木莲有莲房一般的果实……"说不定隔壁绍兴人也做木莲冻。

193

农历八月十五,举国同庆中秋佳节,而一些宁波人竟自撰历书,定八月十六为中秋节,并一直延续了下来。但要问及这一传统的缘起,他们却又说不出个所以然,只是模棱两可地告诉你:"勾践孝母、宋高宗避难、史浩宰相……"虽然这些传说故事都与这一习俗有关,可是否属实也无从考证。"八月十六中秋节,月饼馅子嵌嘞甜。新米蜂糕红印添,四亲八眷都送遍。"每逢八月十六夜,香案供桌,妇孺拜月,秋桂金馥,花鬘云影,总有一卷苔菜月饼隐藏在皎皎的月色中。

苔菜看起来像绿色的头发,不知为啥,宁波人就特别爱。苔菜那么咸,用它烘月饼,甜中带咸,宁波人觉得这样的搭配是天衣无缝。不仅月饼,溪口千层饼、苔生片、苔菜油簪子、苔菜拖黄鱼、苔菜小方烤、苔菜花生米,都是苔菜唱主角。

194

宁波人对猪油有一种直观的热爱,什么猪油汤团、猪油芋艿羹、水晶油包。三十多年前,宁波小孩们如果能吃上一碗猪油拌饭,就会觉得世界上最好吃的东西大抵如此。如果饭上面还铺着油渣,简直就是"幸福"的具象。全家围坐在二十五瓦的灯光下,没了往日叽叽喳喳的插嘴,而是大口大口地扒饭。

一番狼吞虎咽后,还觉得吃不够。那一碗碗猪油拌饭,让人在清贫与艰难中,对生活燃起了一个又一个希望。猪油拌饭式的简单纯粹差不多已是羚羊挂角,可是在那个年代,它营造了普罗大众无法抵抗的、直抵内心的温暖。

195

藤花古屋下的宁波人家,擅烹家常,有一种叫"燀"的烹饪技法,并非将食物置于明火烤制,而是用文火收干食馔中的汤汁后渗入食材。无论是城厢里弄或是山郭村舍的人家,文火笃出一碗咸中带甜的"燀菜",外地人吃过后,会不胜吃惊似的连叹:"喔唷! 你们宁波人,怎么连青菜，都可以红烧得这么好吃？……"

196

几乎每个宁波人都是吃"冷饭娘"长大的。无数个清晨，老墙门内的主妇们揉着惺忪的睡眼，穿着睡衣睡裤，踏一双拖鞋板，晃晃悠悠下楼来到灶跟间，捅开封了一夜的煤球炉，坐上一个钢精锅子，取下吊在灶梁顶钩上的"饭篮笤箕"，抓入几块隔夜的"冷饭娘"，将开水倒入热水瓶，盖上锅盖任其滚煮，然后忙着去倒马桶……

与广东人"喝早茶"的习俗不同，宁波人早上躲在家里扒"冷饭娘"。下泡饭小菜传诸今天也无非几样：黄泥螺、咸炝蟹、咸烤笋、臭冬瓜、霉菜梗、豆腐乳、龙头烤、腌制的蟹浆虾糊。咸至极点，"咸骆驼"的雅号，非宁波人莫属。

嗜咸的宁波人号称"咸骆驼"

197

好多北方人,不知宁波烤麸为何物,更不用说亲手烹饪了。有一回,我和同事外出就餐,有个东北男孩儿刚来宁波不久,看到菜单上写着的"烤麸"两字,迷惑不解,问道:"烤麸,啥玩意儿啊?"在座有位女同事调侃道:"就是你们那旮旯的红烧冻豆腐!"

烤麸跟大豆不沾边,是海绵状小麦蛋白制品。豆腐发霉后能做腐乳;生麸发霉,也可做成"霉麸""醉麸",清香而有嚼头,咬起来更带劲。反正啥食物搁在宁波,几乎都逃脱不了被盐腌、霉化、糟醉、臭卤的命运。

198

不要以为旧行当都消失了,宁波至今还有爆米花的摊子。听到砰砰的爆米花放炮声响,闻着弥漫在空气中特殊的米香,城管也都睁一只眼闭一只眼。年糕切片晾干后可以爆年糕干,宁波人称之为"年糕胖"。它雪白中略带微黄,一块块大得像猪八戒的耳朵,一把抓在手里,咬上一口,香、脆、松,还没怎么咀嚼,入口已化,堪称早期的"休闲膨化食品"。

199

宁波寻常人家的橱柜、桌角旮旯里都摆着几个锡罐子,大概是老辈的传家宝,都不舍得扔。瓶身有各式浮雕图案,这古香古色的"老古董"不是摆设,而是做储藏零食之用,防潮功能可不比"乐扣乐扣"差。炒米粉之类的肯定用锡罐装着。现在人讲究,炒米粉已经 OUT 了,冬令吃芝麻核桃粉,上山方可打老虎。

但宁波孩童有一个吃炒米粉的"神器":巴掌大小的白棉布袋子,里面装有炒米粉,再插上一节竹管,袋口用线绳扎住,挂在脖子上。想吃时,就吸一口竹管,有时还要被呛住。这袋炒米粉就成了一起玩耍的小伙伴的公共食品,也顾不得嗒嗒滴的口水,你吸一口,他吸一口的……

200

宁波的冬天寒冷而多雨,铅灰色的云笼罩天空,映得半个城市都是暗暗的。若此时,一打宁波"鞋底饼"刚出炉,冒着缕缕热气,定要趁热买来吃。在凄风苦雨的街头,于瑟瑟行人之中,吃来最有味道:热乎乎、香喷喷、酥脆得满手碎屑。"鞋底饼"可不要同上海的"蟹壳黄"烧饼混淆哦,不搭界的。冬日午后的阳光里,沏上一杯绿茶,再咬上一口鞋底饼细嚼,那种滋味,不就是现世安稳,岁月静好嘛!

201

浙东四明山脉绵延余姚、鄞州区、奉化,竹林都是一大片一大片的,宁波人的餐桌上,一年四季不缺笋。宁波人个个是吃笋的行家:春笋嫩,油焖笋非取雷笋不可;冬笋是稀罕货,大年三十年夜饭里才上桌;笋放汤,最鲜口的,还要数盛夏里的鞭笋;小小一碟"麻油羊尾笋",是三伏天里的"压饭榔头";家有老饕者,还会晒上几斤"笋脯花生""笋脯黄豆"。闲时,取一撮、抓一把的,细嚼慢咽一番,还能吃出火腿的味道。

清代的李渔,说过笋配"长江刀鱼",烂煮春风三月初的食笋境界,与宁波老百姓还是有距离的,太阳春白雪了。

202

北宋文豪苏东坡在品尝杨梅后,对其评价最是直截了当:"闽广荔枝,西凉葡萄,未若吴越杨梅……"余姚丈亭、慈溪横河境内的"荸荠种"杨梅,成熟后像荸荠那么大,不甜才怪呢! 若逢"大年"辰光,慈溪、余姚杨梅,迎来了丰收时刻,亲戚、朋友之间送来送去的,杨梅一下"泛滥成灾"。那几天,宁波人的牙齿呈淡紫色,吃豆腐都觉得牙龈酸涩。

杨梅"泛滥成灾"后,除了泡酒,就是做白糖杨梅干。宁波小囡看电影时,都会买上几包白糖杨梅干,既便宜又好吃,边看边吃。有时喝过中药后,老妈都会递几颗过来,这样就可以将口中药汤残留的苦涩一扫而光。宁波籍作家鲁彦,将杨梅干比作"最甜蜜的吻",每一根杨梅刺,平滑地在舌尖上触过,细腻柔软而亲切,使人迷醉。他说得不带夸张的。

203

苏州人、上海人啊,都喜欢吃点糕团,而宁波的龙凤金团名气还是蛮大的,形如圆月、色黄似金,面印龙凤浮雕,是宁波十大名点之一,在浙东一带历史悠久,可追溯到南宋,据说乃是南宋康王赵构赐名。这可能有点吹嘘的嫌疑。但凡谢年请菩萨、做羹饭、敬神祭祖先、迎亲嫁娶、乔迁办"进屋酒"……龙凤金团都必不可少,城乡至今风行。标志性的龙凤呈祥的传统图案,让金团成了精美的工艺品。吃客难免会放在手中端详一番,久久不忍下口。

204

我小时候,在宁波的街头巷尾、墙门里弄,如果一阵阵拨浪鼓的声音越来越近,不用问,"鸡毛兑糖"的小贩又来了。义乌伯伯挑着两只箩筐,一头放麦芽糖,一头放收来的杂物,馋嘴的小孩,忙不迭地拿出从屋里搜刮来的破铜烂铁,向小贩兑取几块麦芽糖。有些没头脑的孩子,甚至会把家里的铜勺、铲刀偷出来兑,被家里大人发现后,必定少不了一顿"男女混合双打"。

205

宁波长面,是一种咸挂面。长面纯手工制作,这个手工活儿比较费时费力。长面容易消化吸收,一直以来,宁波民间还保留着产妇坐月子期间,长面做主食的老规矩。宁波产妇坐月子,每天上午和下午雷打不动,"出窠娘"端来一大碗长面,而且还得夜宵加餐,依旧是长面,连续一个月吃下来,体力恢复得很快,奶水也充盈。

当然，连续一个月吃红糖长面后，有些宁波女人一辈子再也不碰这玩意儿了。

206

"南米北面"，指的是南方人吃大米，北方人吃面。地处长江中下游平原的宁波，河姆渡先民最早种稻米，但不要以为宁波人都是吃干饭的，宁波人也会做馒头。会动脑筋的宁波人，将甜酒酿拌在米浆里使其发酵后再蒸制，成就了口味独特的"米馒头"。"米馒头"洁白如玉，软糯香甜，质感松软有弹性，有海绵般柔韧的口感和微微的酒香味。三伏天里，天热懒得烧饭煮菜，偶尔吃一碟米馒头和灰汁团，配上一碗加入冰糖的绿豆汤，都是有滋有味的。

207

1905 年，旅居日本的爱国华侨吴锦堂先生回宁波探亲，临行前他带回一些藕丝糖。恰逢日本天皇大寿，在送贺礼时，吴锦堂特地呈送了三北藕丝糖。日本皇族尝过后都齐声称赞，三北藕丝糖从此名扬东瀛。

吴锦堂探亲之旅，还不忘为家乡美食做推广。旅居海外的"宁波帮"，和那些背井离乡、浪迹天涯的宁波游子们，只消咬上一口藕丝糖，仿佛就想到遍地稻浪和盐碱棉花地的故乡。

208

宁波有种舞蹈叫作"咸齑迪斯科"——雪里蕻咸齑是用脚"踩"出来的。盐撒好后,人站在缸里赤脚踩,让盐渗入雪菜,一直将其踩瘪。顺序从四周到中央,踩踏要轻而有力,尽量减少缸内空气的留存,全部踩踏后,缸里还要放上几块大小不等的"咸齑石头"压着雪里蕻,使其不易上浮。"咸齑石头"在宁波话里,借喻说话有分量的人。

晚来雨骤风密,恰有不速之客投宿,家徒四壁,筹办菜肴已然是来不及。好在缸里有腌透的雪里蕻咸齑,草窠里还有几个家鸡蛋、土豆。且莫愁,炒一碟"咸齑塌蛋",煮一碗"咸齑土豆汤",仅这两样,就是寒舍中的绝香,宾主照样吃得有滋有味。日子清淡而又丰实。耐品的,往往就是这寻常的雪里蕻咸齑,在一年年的风吹雨打中,孜孜不倦地继续着宁波人滋润的家常生活。

209

奉化有芋艿头,皮薄,肉白,味鲜,酥糯,可炖可炒可蒸,配以多样的作料,乡土风味浓郁。奉化有句话叫"跑过三关六码头,吃过奉化芋艿头"——一个芋艿能吃出这样的自豪,也只有奉化。奉化人挺知足的,懂得有滋有味地调理自己的小生活。

外地游客到宁波,蒋氏故里——奉化溪口是要到的。那一块暗绿的溪口千层饼,不足两平方厘米大小,却足足有二十七层,加上东海产的苔菜,做得精致而香脆。

210

被鲁迅先生誉为"具有台州式硬气"的宁海人,一代代嚼着麦饼长大。山瘦水寒,漫山皆是旱地,此地出产粗犷有余的十八种麦饼!那一张张麦饼,徐霞客吃过,方孝孺吃过,柔石吃过,潘天寿也吃过。胸中的豪气,也如吃麦饼形成的肌肉疙瘩一般强硬。嚼着麦饼升腾出翻天覆地的英雄气概!宁海人把麦饼塞进腮帮子的同时,也把笑傲江湖、志在四方的豪气装进了心肺。

211

宁海人吃"正月十四夜"馏,百家百味,百馏争奇!一到吃馏的日子,村子里几乎灯火通明,人头攒动,村民都以家里来吃的陌生客多为荣。家家户户的巧妇们在灶头添火,或用力挥动勺子搅动满锅的馏,个个红光满面,神情亢奋,极像满怀豪情的掌舵老大。

一大锅馏煮好,主人敞开大门,放一个烟花,颇像一支穿云箭,千军万马来相见,给个信号告诉大家可以来吃了。只要有陌生客人近前来,就盛一碗递过去,客套和礼仪已是多余,来客也不忸怩,都会毫不客气地捧了就吃,或站着,或蹲着,不用勺子,嘴沿着碗边一口一口地吞咽。那万人齐享、热气腾腾的场景,俨然是当年"戚家军"被村民们围拥吃馏场景的再现,好似打过胜仗归来一般。

212

三月桃花开,宁波泥螺肥。一颗泥螺含在嘴里,鲜味四窜,直奔唇腔舌颌而去,像一只翠鸟,转瞬消失在荷叶蒲草之间,无影无踪,可是那根苇秆还晃动着哩,鲜味并没有立刻散去,它继续撩拨着你逐鲜的欲望。于是,拿起筷子,再搛一颗!卖泥螺,宁波人一卖,卖到上海滩,大阿嫂史翠英、陆龙兄弟联手挤掉了上海本土品牌"一只鼎",征服了上海人的胃,赢得"泥螺大王"的辉煌。

213

宁波文艺青年吃饭,好像从不去石浦或向阳渔港,那是暴发户的食堂;去采蝶轩、美好饭店才够小清新;阿毛饭店等苍蝇馆子的气质属于亲密无间,没有距离感。就算你刚刚在奥特莱斯"淘"了件名牌皮衣,踏入这里也立即会被平民气质附体。如果有本事把上司或领导喊到这里吃饭,那些平时高高在上、难以沟通的领导,瞬间就会变得和蔼可亲起来。

214

我每次离开温州,耳朵立马忘了温州人飘过的"鸟语",嘴里却还留恋着温州人的卤味。温州鸭舌很出名,不知道每天有多少只鸭子被割舌。藤桥熏鸡味道好,不知道每天有多少只鸡在藤桥等着挨熏。相对于温州有丰富卤味,宁波则少得可怜,几乎没有什么特色的卤味,可能是宁波人从小海鲜吃得多,清蒸、盐渍、水煮惯了,从海鲜升华到家禽、肉食,也讲究那一份原汁原味的追求:不管是鸡、鸭、鹅都是白水煮了蘸酱油,称为"白斩"。白斩鸡、白斩鸭、白斩鹅的味道倒是不错,但是一副猪大肠白煮后,就摊在盘子卖,无论视觉还是味觉,都叫人觉得是"腌臜之物",似乎不加酱油、茴香、桂皮,就始终去不了那种怪味。

跟宁波人讲卤味,好比是在讲"天书",人家没有那根筋,以至于宁波人开的卤味店一律可被称为"白斩店",大白刀斩斩碎,看得人浑身毛骨悚然的,有没有?

215

河姆渡遗址出土的稻谷粒证明,宁波是世界上最早种植水稻的地区之一。七千多年前宁波人已在这块土地上繁衍生息,把水稻种了七千多年,宁波出产的水磨年糕、汤团能不好吃吗?

河姆渡遗址出土代表海上活动的六支橡木桨,仿佛提前宣告:宁波将成为中国海上丝绸之路始发港之一。另外两个是广州和泉州。

216

有一句俗语叫"宁可听苏州人吵相骂,勿可与宁波人讲闲话"。上海南京路上,操南方口音大声说话的,十有八九是宁波人。虽然同是吴语,苏州话"糯",即使吵架也好听,宁波话"硬",即使说话也像吵架。

看着宁波人彼此间说话,明明大家脸上表情一派愉悦,可是怎么听起来就像吵架,吵得快打起架来的感觉?宁波话语调硬,宁波人讲话的音调还挺高,越是讲得兴奋,越是像吵架。小菜场的宁波老太们可将这种硬气发挥到极致,个个是"中气十足"的大嗓门。在宁波人的日常生活中,做父母的每天有意无意骂声不断:"小棺材""呆大儿子""寿头子孙""十三点"。要是路上两个宁波人吵架,不得了了,凡是你想得到的所有恶心的词语,都会从那些看起来很优雅的人的口中吐出来。很多"老底子"的宁波人觉得普通话很难,是因为除了平翘舌分不清以外,对普通话的音调把握也不行。

"石骨铁硬"是天生的,说吵架,是在冤枉他们。这种"石骨铁硬"是四明山石的坚硬、山瀑的激昂,有鱼骨头的强硬,带有几分甬江潮涌的气度。

宁波话还是有腔有调的。若要将宁波腔调发得到位,请牢记住以下两点:发"腔声"时,要顾及眉眼表情、动作姿势;发"调门"时,要考虑讲话时的仪态、风度、做派。不是故弄玄虚,只是只可意会不可言传。

217

俗话讲:"无绍勿成衙,无宁勿成市。"没有绍兴师爷,就没有衙门;没有宁波商人,就没有市面。宁波人会做生意,宁波崇商风气浓。连平常日脚讲闲话,也老带这种味道。譬如,碰着要打交道的人,宁波人欢喜叫其"买主",其实人家并不买东西;遇到难伺候的人呢,就叫其"疙瘩买主""阿爹买主"。相貌漂亮,就是"卖相"好,当然人家不会卖给他。为人忠厚,叫作"实货";为人滑头,叫作"虚货";人长得胖,叫作"双料货";官做得大,叫作"大货"……管闲事就是"管闲账";理所当然就是"门门账";一回事就是"做本账";弄不清爽呢,就是"一笔糊涂账"。

子女听话争气,叫作"还债";反过来就叫作"讨债鬼"。很多叫作"大笔头",一点点叫作"小数目",讲条件叫作"讨价还价",门槛精叫作"十三档算盘"。猪舌头叫"赚头";猪头肉,叫"利市头"。长辈疼爱小孩,不叫疼爱,更不叫欢喜,而是叫作"值钿"。

宁波话里头总藏着一本生意经。

218

天行健,君子以自强不息。

宁波方言讲起日子来,叫作"日脚",好像日子都是有脚的,不停地朝前走。宁波人如果讲哪个人是很会"过日脚"的,就是称赞他能够精打细算,将日子过得有滋有味。宁波人"过日脚",有种跟紧日子的脚步,主动顺应客观规律,再发挥主观能动性,在螺蛳壳里做出大道场的能耐。这种"过日脚"里所包含的精明与心气,可算是宁波生活格调的一个内核。

219

闲聊,在北方叫"唠嗑""侃大山",到了宁波,就是"讲大道"。它的重要性,仅次于一日三餐。从先生们的"周末聚餐会"、太太们的麻将桌,到街坊邻居"抬头不见低头见"的弄堂口,随时随地都会碰到。

"太阳落山,打烊落班。心急慌忙买下饭,切切刨刨灶跟间⋯⋯上到联合国造孽,下到两老头抲跌。大讲太平洋原子弹,小讲针屄眼菜泡饭",宁波电视台专门开设的《讲大道》方言栏目,收视率堪比《小强热线》《钱塘老娘舅》。

宁波电视台三套的《讲大道》,在宁波本地非常受欢迎

220

宁波话对人们职业的称呼,有许多是直观、生动、活灵活现的。潜水员,宁波话叫作"水底工",一下子抓住了这项工作的特征。又如消防队,宁波话叫"救火会",又是直奔主题。再者如厨师,宁波话叫"大菜师傅"——厨师煮的菜肴,讲究色香味,有别于家里煮的家常菜,一般都是吃不到的大菜。这些称呼直截了当而不含糊,真是妙不可言啊。

221

宁波的词汇,有些特别"倔强",不容篡改。宁波人把狗一概称作"黄狗",不管其毛色是不是黄的;把凳子一概称作"矮凳",不管它高矮,以至于产生了"高矮凳"这样矛盾的叫法。最绝的是把男孩一律叫作"小顽",不管他是三四岁还是廿三四岁;而把女孩一律叫作"小娘",只要没出嫁,统统是"小娘"。还把雌的梭子蟹叫成"小娘蟹"。

如果想准确说清,还得另加形容词,于是就出现"大大小顽,坐高高矮凳,抡厚厚薄刀,切石硬年糕,喂黑黑黄狗"这样看似不通,其实妙不可言的句子。

222

宁波有很多嬷嬷。"容"姓,在宁波不是大姓氏,所以"容嬷嬷"少之又少。爸爸的姐姐和妈妈的姐姐,宁波人叫嬷嬷,推广开来,一般与父母同辈,比父母年龄大一些的女性,都可叫她嬷嬷,所以宁波没有大姨妈、大姑妈的称呼。此外,爸爸的妹妹叫阿姑,妈妈的妹妹叫阿姨。

223

宁波有句老话叫"转浆",本意是勾芡,如今形容各种事情凑到一块,让人非常忙碌。宁波人的主食以米饭为主,桌上总会有些汤汤卤卤,所以家常菜谱里少不了"汤""羹""浆"与"糊辣"。

冬季宴席，人们吃过冷盘后，热炒未上，此时先上一道"浆"，最能暖胃，又兼开胃之承启。纵然天雪，寒意全无。各色纷杂、热气腾腾的"七浆八浆"端上桌后，主人还喜欢用自己的调羹搅拌搅拌，口水交流一番后，呈现一团和气，做客的也只能客随主便，硬着头皮一起舀。每当进了川菜馆子，看到菜单上印着的"口水鸡"，我脑海里就飘着"七浆八浆"的影子。

224

"生活"一词，在宁波言话里，既不是 life，也不是 living，既不像一团麻，也不像一杯酒。而且它的读音也与普通话相差甚远，读作"桑滑"。宁波里话的"工作"叫"生活"，找工作叫"寻生活"，干工作叫"做生活"。宁波人把做人、做事与生活当成一回事。宁波人言谈举止、做人做事讲究规矩。宁波人"做生活"最实惠的一句话是："拿工资做生活，就要对得起这几张钞票。"在宁波，一个人如果有其他的毛病和缺点，或许还会被人谅解，唯有做人干活不认真不敬业，绝对不会受到尊重。

也许是开埠较早，宁波人更早具备了社会契约意识。他们习惯依照法律规章办事，有了矛盾纠纷，不喜欢用打架斗殴、白刀子进红刀子出的方式解决，更善于按规矩处理调解，否则就要"吃生活"了。

宁波人"做生活"讲究规规矩矩，核心就是讲诚信，说到就要做到。因此，他们是不肯拍着胸脯，说那种"包打天下"的"满口话"的。对于别人相托的事情，即使很有把握办到，他们也只是谨慎地说："我尽量试试看，你等消息吧。"

225

妻子,在宁波男人口中的称呼各式各样。有叫"屋里厢的""阿毛娘"或者"老绒"的,这就像说一件贴身的棉毛衫,散发着丝丝体温,有拦截非分之想的作用。称"太太"或"夫人"的,那很像在说一件华美的礼服长裙,高贵端庄,美丽动人,有时会激起一种占有的冲动。宁波男人可不这么叫,觉得不妥帖。其实,在宁波本土方言里,宁波男人对妻子还有个"家主婆"的叫法,更加神形皆备,体现了宁波妻子的地位。大多数的人家,当家的是丈夫,做主的却是妻子,"家主婆"叫得名副其实。

226

在中国有种普通话,叫作"灵桥牌"。2015 年,在瑞典斯德哥尔摩,屠呦呦乡音未改,一气呵成作《青蒿素——中医药给世界的一份礼物》的演讲,"灵桥牌"普通话再一次响彻罗林斯卡医学院礼堂,全场掌声经久不息。

不过有个调侃的段子,说的是中国记者现场问屠呦呦:"您能简单介绍自己的家乡宁波吗?"屠呦呦用一口宁波方言回答:"宁波有这么几个区,它们是不能去(北仑区)、还是去(海曙区)、讲不去(江北区)、真还去(镇海区)、仍旧去(鄞州区)……"话还没说完,记者一脸懵:"宁波,我们到底还能不能去啊?"

227

"宁波闲话"里没有冠冕堂皇的词汇,有的是只是柴米油盐、鸡毛蒜皮。小情侣散步,唤作"轧马路"。散完步回家晚了,弄堂口的冷面阿伯会问一句:"今朝数了几根电线木头啊?"分手叫"拗断";分手了再复合,叫"吃兰花香干"。光阴匆匆,很多原汁原味的宁波闲话已成"绝响",因为历史是不会回头的。

228

宁波人从小到大、一年四季都吃海鲜,连宁波方言也散发出鱼香气息。靠海吃海,宁波的海鲜扎堆,用一段宁波"闲话",就能直接描写宁波海产的丰富:"清明三月节,乌贼吭处叠。四月月半潮,黄鱼满船摇。菜花子结龙头,小黄鱼结蓬头。五月十三鳓鱼会,日里勿会夜里会。八月蛏,一根筋;八月鳗,壮如鸭。西风起,蟹脚痒,浪打芦根虾打墙。小黄鱼拘来,大黄鱼叫来,乌贼摇来,带鱼冻来……"宁波话里的海鲜生猛,味道交关赞!

对大黄鱼的感情最深切,宁波方言里用"大黄鱼"指代金条,将头特别大的人形容为"大头黄鱼",将三天两头生病的人叫作"生病黄鱼",将情感淡漠的人称为"冷气黄鱼"。

229

前些年,外地参观者到宁波来学习考察,想取回宁波经济迅猛发展的真经,向宁波官员刨根问底:"你们宁波经济为什么发展得那么快?"宁波官员自豪地回答:"我们一靠'警察',二靠'妓女',加上个'不能讲'。"

闻者大惊失色,以为是靠"不能讲"的手段。莫非真是这样?后来经人解释,才知这是方言所误,引来一阵大笑。原来,这位宁波官员说的意思是:一靠政策,二靠机遇,还有个北仑港,靠政策和机遇及港通天下。

230

宁波人习惯将"未转正"的准女婿,叫作"毛脚女婿"——这绝不是因为女婿毛多,而是因为新女婿刚刚进门,不晓得该怎么帮忙,给未来丈母娘、丈人留下笨手笨脚的印象。还有一种有意思的说法和东海梭子蟹有关,宁波人说毛脚蟹,指的是未成熟的螃蟹,"毛脚"指的就是嫩,不成熟。

这一个"毛"字,也提醒了小伙子,第一次上门,自己的身份一定要摆正,"革命尚未成功,同志仍需努力",如果因为"笨手笨脚"得罪了丈母娘、丈人,那可真叫一个追悔莫及。端午节,是"毛脚女婿"集体上门的日子。挑"端午担"的风俗,在宁波未过门的"毛脚女婿"间非常盛行。宁波人把这种礼节称作"垫矮凳脚",意思是"毛脚女婿"通过"端

午担"向未来丈人"进贡",把未来的丈人、丈母娘摆平。现在城里的
"毛脚女婿"上门,拎大黄鱼和大白鹅的已经很少,取而代之的是高档
香烟、白酒、保健品和时令水果,但粽子必不可少。

老底子拎着大黄鱼、大白鹅上门的"毛脚女婿"

231

有一种赞美叫"咋噶赞啦",有一种舒服叫"闻派",有一种放弃叫
"随便其类",有一种无奈叫"咋结煞啦",有一种勇气叫"索搭界啦",有

一种挑衅叫"寻吼水啊",有一种结果叫"河白烂滩"。

有一种酒鬼叫"老酒饱",有一种装蒜叫"装死样",有一种烦躁叫"心戳煞",有一种不懂事叫"头大挂青",有一种满足叫"譬如勿得",有一种迷恋叫"热血刮心"。

以上这些宁波话,宁波人读完后必定嘴角上扬。

232

宁波土话,并非都是土里土气的,也不是土得掉渣的话,这里面有文化,有智慧。老底子的宁波人在语言方面的智慧性创造,代表了某种乡土文化的活力。中国许多地方的人说这个人不会游泳,称作"旱鸭子"。宁波人不这么说,叫"燥地鸭",干燥的燥。这个词从形象性上来说,不比"旱鸭子"逊色。"旱鸭子"的翅膀,宁波人说成"翼梢",风雅得像从宋词里来的一样。

233

打开天窗说亮话,有不少宁波话中的词汇来自大英帝国,至今沿用。宁波的老房子上都有,一种开在屋顶上的天窗,又称老虎天窗,也就是在斜屋面上凸出的窗,用作房屋顶部的采光和通风。英文中"屋顶"为 roof,宁波话里索性叫成"老虎窗"。英语 stick 是"手杖"的意思,央视一套黄金档《向东是大海》中的宁波人口口声声这么叫。宁波话将日光灯的启动器读作"司搭特",也是来自英语 start。这种"灵桥牌"英语在宁波人口中,随时可以冒出一些。

234

段塘是宁波海曙区的地名。在宁波话里,"段塘"指衣冠不整、言谈失常的人,也可以是一个形容词,形容言行分寸失当。具体来说,被人称为"段塘"的人,在外观上衣服穿得不整齐,把自己弄得邋邋遢遢的,缺乏基本的仪容仪表常识,说起话来不但声音很大,哇里哇啦的,逻辑性也很差,不着边际,或者说话不知道场合,分不清什么样的话可以在公众场所说,什么样的话不可以在公众场所说。"段塘"这个词的杀伤力相当于现在的"神经病"。

好端端的一个地名,派生出"神经病"的意思来。如今的段塘环境整洁,人们文明礼貌,再承担老底子"段塘"所表达的这个意思,实在有点冤枉了。

235

宁波人口中的暗语和黑话蛮多的,譬如用"大黄鱼"指代金条。

有些宁波人自己也听不明白。米,在中华人民共和国成立前的宁波黑话里,是"活命的钱"的意思。米成为宁波社会性口头语后,使用频率高了,黑话也"明白"了,至今不朽。宁波人做起生意来,管收钱叫"接米",交钱叫"甩米";小学生们最害怕弄堂里冒出个小流氓来"克米"。

236

宁波人把蚕豆叫"倭豆",这一独一无二的称呼,一下子交代出宁波曾是抗倭重地。据说这与戚继光抗倭有关:据传,当时戚家军在镇海甬江口抗击倭寇,将士们每杀一个倭寇,就会在附近摘一粒蚕豆,用线串在自己的胸前,蚕豆越多,说明杀敌越多。

后来,宁波人索性把蚕豆改称"倭豆",用来纪念戚家军将士在甬抗倭。我猜当时将士们串起来的必定是新鲜蚕豆,干的那么硬,串起来得多费力啊?

237

"搡馈搡年糕""年糕搭馈"形容两人性格互补,尤指夫妻俩形影不离,配合默契。过年前,家家户户搡年糕之后,也顺带搡一些"馈",年糕和"馈"像是"阿青阿黄"的孪生兄弟,横七竖八地都被浸泡在平常人家的坛子里,一直吃到来年开春。

238

宁波人的早餐里,大饼、油条、豆浆、粢饭团号称"四大金刚"。宁波话里头经常出现它们的身影,譬如:将做事拖拉、屡教不改的人唤作"老油条";将生闷气、拉长脸孔的人又唤作"大饼面孔";等等。"四大金刚"承载的是人间烟火味,是一种挥之不去、流连在舌尖上的里弄味道,显得朴素而真挚。

239

外地人去余姚,若想问个路啥的,余姚人基本上是说本地土话,不会用普通话回答你。余姚中老年人基本不会讲普通话,一口"余姚嘟哉"听得你呆了。事实上,余姚的年轻人之间日常对话,也基本不讲普通话。为啥呢?余姚骨子还是有"会稽"情结,绍兴话本来就是官话,以前余姚读书人面对御试的皇帝老儿,照样可以不改腔调。喏,这就是余姚人的做派,这就是余姚人的格调。

240

相声大师侯宝林认为宁波人说话像在唱歌。他发现了宁波话的抑扬顿挫后,创作了传统相声《宁波话》。那段脍炙人口的相声段子就引用了宁波话"来发米索西都来",后来就有郝爱民、姜昆的《宁波音乐家》,宁波的"来发"就家喻户晓了。

241

中国的古城实在不少,若论我国沿海最早的文化古城,只要稍稍具备历史地理的眼光,都会聚焦宁波——中国大陆海岸线的中点。

这座从远古走来的名城,河姆古渡的骨哨一吹就是七千年,这一吹不得了,吹开了一幅幅风云际会的历史长卷。

242

宁波本地除了盛产商人,也盛产读书人,楼郁、张孝祥、杨简、戴表元、方孝孺、范钦、朱舜水、王阳明、黄宗羲、全祖望、徐时栋……一个个都是低调而内敛的读书人。他们手持书卷对月吟,或一灯如豆下冥思,或泛舟湖上听风,心潮一如天一阁书香之清幽,思潮一如四明山泉之长流不竭。

从四明学派、姚江学派到浙东学派,从北宋楼郁"庆历五先生"授徒到王守仁倡导"致良知",宁波书生追求经世致用的真谛,从不人云亦云,照抄照搬。难怪唐宋八大家的王安石和曾巩常流连于此。多少代读书人是读宁波人王应麟的《三字经》而开蒙的,一句话就能概括这个高度:中国儒学能达到今天的成就少不了宁波书生们的添砖加瓦。

243

每年来宁波的外国人中,日本人的数量不小。日本专门有本《圣地宁波》的书。且不论徐福东渡的真假,但人工栽培水稻、干栏式建筑、木屐等就是明显的"宁波印记"。唐代以来,日本遣唐使多次在宁波登陆,宁波成为中国与日本指定的贸易港。日本佛教代表团上千次来宁波寻访,宁波天童寺,为当今一千多万日本曹洞宗、临济宗信徒的祖庭。而被列入世界文化遗产的日本奈良东大寺一度被兵火焚毁,就是南宋时期的宁波工匠去日本重建的。宁波的浙东儒学在日本影响深远。尤其是王阳明的心学、黄宗羲的"经世致用"理论,至今仍在深深影响日韩人士的思想。儒学大家朱舜水,漂洋过海东渡日本,为日本的繁荣和进步做出贡献。宁波在日本人的心目中,算得上是一个"圣地"啊。

244

宁波人不排外,但也不崇洋。即使是在开埠的"西风东渐"中,他们对西方文化也能平等视之。他们对于"西洋思想"有自己的一套标准,说白了,老一辈"诗书传家"的文化理想和"经世致用"的处世精神没有丢弃。因此,在宁波开埠之后,首先为人们所接受的是"洋学堂"和西方科学,并出现了中国最早的女校——宁波女塾,1844 年由英国东方女子教育协会爱尔德赛女士创办。之后,洋学堂纷纷建起,也出现了中国近代第一位女留学生——金雅妹。

看着儿孙辈们纷纷上"英孚""新东方"学英语口语,洋学堂毕业的外公外婆、爷爷奶奶们往往发出感叹:阿拉当年的老师都是英国嬷嬷,如今的这些外教,发音能有"唐顿"味吗?

245

"宁波帮"闯荡上海滩,也不是都去开银行、做买办的,其中也有不少文化商人。1897 年,宁波人鲍咸恩兄弟在上海江西路开办商务印书馆,日后成为中国近现代规模最大的印书馆,他们先后聘请蔡元培、张元济任馆长,并在他们的主持下翻译出版了《天演论》《伊索寓言》,

再后来，商务印书馆成为全国规模最大、技术最先进的印刷出版企业。

宁波人除了能"读书、著书、藏书"，印书的本事也不小。从 1957 年至今，商务印书馆的一本《新华字典》发行几亿册，还不包括盗版。有人甚至比喻说，无论从发行量、普及面、影响程度，还是读者忠诚度来看，《新华字典》对中国人的意义类似于圣经之于基督徒。

246

澳大利亚悉尼市迪米蒙地电影制片公司，在 20 世纪 80 年代拍摄了一部记录太平洋沿岸历史的纪录片，老外们的灵感，一下子在"太阳神的故乡"得到启发，所以其序幕就是从宁波的河姆渡拉开。

247

天一阁的众多故事里，宁波知府丘铁卿的侄女钱绣芸的最出人意料。为能登天一阁读书，竟要求知府做媒嫁入范家。深深浅浅的天一阁中藏着多少"长恨歌"？书痴至此确也难得，然而造化弄人，范家对于藏书有明确森严的规定——"代不分书，书不出阁"，就连族人无故也不能踏入天一阁半步，否则施以不能参与祭祖大典的惩戒，更何况外姓的钱姑娘。

念念不忘，未必有回响，这位钱姑娘的梦想终究没有实现。钱绣芸姑娘心愿未遂，竟郁郁而终。范家人连宁波知府的面子都不卖。天一阁中藏着那么多书，又是要整理、要编号的，书痴钱绣芸做不成图书管理员，让她在忙季打个下手，又能怎样呢？

248

梁祝故事的确是民间传说中的一朵奇葩。梁山伯和祝英台不是同时代的人,让两人怎么一起化蝶?尽管如此,"梁祝故乡之争"是浙江、江苏、山东三地"混战"。梁祝的故事流传的空间很大,已涉及十几个城市,梁祝的坟墓全国就有七处,读书处有三处,但"梁山伯庙"只在宁波一处。

249

这几年,很多开书店的老板,日子不好过,当当、京东一搞大型优惠活动,书店难免要雪上加霜,苦苦挣扎,而有个"天一书房",号称宁波首家二十四小时不打烊书店,吸引着全城的"文青"。有他们做后援,书店经营得还算坚挺。

吵架的情侣、课后的学生和业余的诗人,被"天一书房"统统收留。夜深了,书房开始讲述时光的奥秘。有一所这样任性而又温暖的书房,可以安放不眠人,收留一颗颗孤独躁动的心。沙发客、失恋的人、失眠的人、抑郁的人、清早要去赶火车飞机的外地人,都把书房当成温暖的驿站。二十四小时不打烊,白天做生意,晚上做温情,这就是宁波"天一书房"的态度与品位。

250

全国有不下数百条中山路。中山路曾是宁波最引以为豪的脸面，号称浙东第一街。绿洲珠宝行、美乐门商厦、新华书店、长发商厦、华联商厦、中农信大厦、银泰百货先后在这里扎根，让宁波百姓不出国就能买到牌子货，甚至舟山人、台州人逢年过节也会来宁波买买买，就连宁波的第一家KFC也落户中山东路新江厦对面。八年里，这条原本繁华的中山路，留给所有老宁波人和新宁波人最大的印象是永无止境的挖！挖！挖！某位高中生说，他在高中时，中山路开挖，现在大学毕业恋爱了，中山路还在修！

251

不要以为只有金华西峰寺才有《倩女幽魂》的故事，宁波月湖湖心寺也有翻版，上演过一出《牡丹灯笼》的故事。牡丹姑娘和乔生"人鬼情未了"的故事明朝传到朝鲜，后又传到日本，江户时代的《牡丹灯笼》流传甚广，在日本的影响不亚于梁祝哀史，讲述"若到更深休恋恋，湖心怕遇牡丹灯"的人鬼恋。问世间情为何物？《牡丹灯笼》照样演绎得"直教生死相许"。

252

这二三十年，财有余，情有闲，时有暇，高雅玩意儿破土而出，古琴、沉香、奇石、插画……身边的宁波人腰包厚实了,变化蛮大的:钢琴不弹了,改弹古琴;手表、金链子不戴了,改戴佛珠蜜蜡,一有空就去西藏;牛仔裤不穿了,改穿一身棉麻。几十年喝茶的习惯都变了:喝宁波本地绿茶的人越来越少,喝普洱、金骏眉、老白茶的人越来越多。

其实宁波的茶叶还是有些文化的,像四明龙尖、天赐玉叶、望海茶、奉化曲毫,名字一个个诗意盎然,绿茶的质量也不在话下,连英国人都上天童山偷茶苗,带到印度去栽培种植。我猜,喝普洱这阵风迟早会刮过,宁波的绿茶不会被冷落的。

罗伯特·福琼曾在中国各地偷取茶叶种子,并记载下生产、采摘、制作方法。他后将茶种与制茶方法输往印度

253

来到宁波,街道两旁最多的是香樟树,不用问,香樟树无疑是这个城市的市树。香樟树枝叶繁茂、四季常青,一到开花的季节,十多万棵行道树,让满城都弥漫着淡淡的樟香。香樟树"一统天下"好多年,最近有市民已不满足于单调的香樟树,期望有一个"多彩宁波"。香樟树看多了,的确容易让人产生审美疲劳。

我喜欢上海的梧桐树,夏天绿荫一片,秋天树叶干枯飘落,走在落叶上,还会发出沙沙的声响。可惜宁波的法国梧桐越来越少了。

254

多年前的宁波孩童,一到放暑假时,白天寻幽猫、摸暗子、摇铜板、打弹子、拗铁弹弓、斗蟋蟀、折三角尖、打花蜡纸等,一到晚上就在桥头聚集,端坐在小板凳上听外公外婆说旧事。外公外婆用地道的宁波老话,绘声绘色地说着乐趣无穷的宁波往事,那些有关民间习俗和善恶报应的古老传说和故事。

现在宁波的孩子的童年,大概就是上补习班、辅导班和各种兴趣班,暑假大概是他们的第三学期。

255

宁波的学校对教学质量抓得非常紧,像效实中学、镇海中学是全省乃至全国赫赫有名的中学。高校发展也很迅速,宁波诺丁汉大学的建立,让宁波人在家门口就可以"留学",享受到英国的教育资源。

　　每年高考过后,宁波人比往常"八卦",会密切关注效实中学和镇海中学的 PK 结果。多年来,镇海中学经常出现全省文理科状元。人称宁波"小北大"的镇海中学,是中国最有人文气息的中学之一。校内有十二个文物景点,包括具有八百多年历史的孔庙。因为将全市的"赤紫杨梅"全部"捡"来了,镇海中学的一本率常年都是超过 90％的。作为"老三区"家长,自己的孩子被保送或考到效实中学,最不愿意看到的是曾经值得炫耀的成绩,在效实中学三年后,变得苍白无力,所以有一个名叫"效实:你该醒醒了"的帖子曾一度火爆。说到底,未来的道路很漫长,效实中学以坚守素质教育出名,散养有散养的好处,效实毕业生里不就有童第周、屠呦呦吗?

北大、清华"直通车"——镇海中学

宁波有意思

256

　　宁波有很多教育机构,喜欢在地铁口派发传单。某一天,我就收到早教机构开设"阳明学"的传单,教授的居然是《传习录》,课程设计得有模有样。

　　王阳明一生文治武功俱称于世,对儒学的理论贡献卓著。阳明学远承孟子,近继陆九渊,自成一家,影响超越明代而及于后世,风靡一时而传播中外。曾国藩、梁启超、孙中山、蒋介石和毛泽东都是王阳明的"粉丝",现代经营大师稻盛和夫也很崇拜他。但可悲的是,很多宁波人以前并不知道王阳明是何许人。

守仁格竹

拿王阳明自己的话说,阳明学,其实并没有人们想象中的那么高深、艰涩、难学,它是一门适合大众的学问,浅显易懂,很接地气。明清时代放下田间锄头、挑着粪桶担的农民,都在学阳明心学。"人人自有定盘针,万花根源总在心。"即使把中国历史上集大成的哲学家降到最低限度,也一定少不了王阳明的名字。

257

有人问,为何"2016 东亚文化之都"会花落宁波?为何宁波可与奈良、济州同时当选?让我们把目光上溯一千余年,落在唐代明州城外来自东瀛高丽的桅樯帆影上;或者上溯七千余年,落在河姆渡先民种植水稻、烧制陶釜、搭建干栏式木屋的身影上。

宋、元、明、清四朝,日本人生活中最熟悉的中国城市应该就包含宁波了。最澄、荣西、道元、雪舟等日本留学生,都是在宁波登陆后进入中国内地的。丰臣秀吉曾做过这样一个黄粱美梦——"乘日本船渡海,居守宁波府",进而以此为根据地号令亚洲全域。

在佛教、书画、戏剧、造船、建筑、书志、茶文化、官僚制度、农业技术等诸多领域,宁波这座中国东南沿海的港城潜移默化地影响了日本。在许多日本学者看来,假如没有中国宁波,日本历史就要重新书写!

258

宁波大学的建校历史也就三十多年,但一进去就有百年老校的感觉,有两点特色成就了这一错觉。一是许多大楼不用编号,直接用人名命名:包玉刚图书馆、安中大楼、包玉书楼、龙赛理科楼、曹光彪信息楼、逸夫教育楼……整个宁大,像个"宁波帮"公园。这些热心人士多重视教育哦。二是每年夏天都会出现数以万计前来度假的白鹭,它们一心要把宁大建设成瑙鲁那样靠卖鸟粪致富。白鹭们迅速占领了校园内的几条主干道。这些干道被郑重改名为"天屎之路"。宁大女生人手一伞,起到防紫外线、防雨、防鸟屎三重作用,间接促进了宁大周边卖伞业的蓬勃发展。白鹭成为宁大象征,有人暑假从外地实习归来,刚到校门就来一句:"我们终于从鸟不拉屎的地方回到了鸟拉屎的地方。"托白鹭的福,也只有宁大学子可以理直气壮地说出这样的话。

生态环境值千金

259

宁波这个城市,总有一些历史与现实交错、文化与经济辉映、东方与西方互补的物件。若晴天,漫步在宁波大剧院的沿江音乐广场,目光会被广场上矗立的一尊雕像所吸引。那是一尊高大威武的青铜像,他叫"大卫"——没错,那就是欧洲文艺复兴时期意大利的艺术巨匠、佛罗伦萨人米开朗琪罗的代表作《大卫》的复制品。在来宁波之前,"大卫"还没出过国,甚至从未离开过他的家乡佛罗伦萨。然而这位"意大利美男子"最终还是不远万里漂洋过海来到中国,落户宁波,站在美丽的姚江岸边,见证佛罗伦萨与宁波这对友好城市的深情厚谊!两个城市间的贸易往来可以追溯到 14 世纪,那时,贸易航船已经开始在宁波和佛罗伦萨之间运输货物开展贸易了。这些故事通过裸体的"意大利美男子"告诉了宁波市民。

260

中国女排,是一个读起来就沉甸甸的名字。中国体育三大球中,最争气的还是女排。中国女排成为世界上第一个获得女排世界锦标赛、世界杯、奥运会五连冠的队伍。她们在大赛中表现出来的"不抛弃,不放弃,敢打敢拼,勇往直前"的女排精神,激励了国人。

在中国"三大球"比赛形势恶劣的情况下,2016 年的巴西里约奥运会上,中国女排作为"救命稻草"捍卫了中国在排球这个项目上的荣誉,再次重返世界之巅。主教练郎平当着全国观众的面,感谢中国女排的"娘家"——宁波北仑体育训练基地。她在获胜感言中归纳,赛前在宁波北仑最后半个月的集训很出效果,称赞北仑是一块福地。主教练郎平征战几十年,伤病不少,训练基地为她定做了一把凳子,供其训练时使用。姑娘们每年都来北仑训练和打比赛,到了这里,姑娘就跟回到了家一样。随着电视屏幕上升起五星红旗,北仑也沸腾了好几天。

中国女排重整旗鼓之地——宁波北仑体育训练基地

261

宁波的三江六岸有很多座桥,灵桥、江厦桥、解放桥、甬江大桥、琴桥、庆丰桥、长丰桥……这么多桥,可以让宁波变成大桥流水人家。

作为水乡的宁波,自古多桥。1987—1990 年宁波各县(市、区)地方志统计的民间桥梁就有一万四千余座。在宁波,因桥成村、因桥兴市、因桥成俗、因桥赋诗的比比皆是。宁波人该省钱则省,该花钱会花,杭州湾跨海大桥、象山跨海大桥、宁波舟山跨海大桥,哪一座不是大手笔?自古至今,宁波人在城市基础建设上,都是放大格局、放长眼光的。

262

最近几年,宁波周边诸多城市均已纳入国家战略,上海自贸区不必说,连舟山的开发与建设都上升到国家高度。波音公司"落户"舟山,义乌国际贸易综合改革试验区和温州金融改革试验区被批准……终于没多久,国务院选择宁波为"中国制造 2025"首个试点示范城市。低调务实的宁波人拔得头筹,总算当了一回"网红"。

263

宁波人的冒险精神历史悠久,秦代以前,宁波已有近海岛屿上的鱼贩盐商;唐宋时期,宁波的商船远航海外;北宋时期,开往南亚、中东、非洲以及日本、高丽的商船多从宁波出发;南宋时期,宁波是市廛所会、万商之渊。虽然明朝厉行海禁,但宁波商人为了寻找商业资本的出路,还是铤而走险,进行着海上的走私贸易。清康熙朝开放海禁,宁波商船则已驶往南洋群岛等地经商。

有染料,方能摆染缸、开染坊。敢冒险,才能突破禁锢,开拓创新。

宁波人就是这样的冒险家。

264

老宁波人间流行一首"商业十字歌":"一本万利开典当,二龙抱珠珠宝行,三(山)珍海味南货店,四季发财水果行,五颜六色绸缎庄,六洋顺风鲜活行,七星高照古董店,八字墙门开钱庄,九巧玲珑赏器店,十字街头坐茶坊。"

你瞧瞧,这赚钱的行当和门道,宁波人一笔账心里算得煞煞清爽。

265

多年前,宁波人开了很多钱庄,宁波钱庄业的过账制度是我国金融业最早的结算制度,各行各业与钱庄交往,不用现金,通过过账方式进行。世界著名大城市,如纽约、巴黎、大阪、柏林正式成立票据交换所的时间,都在宁波实行过账制之后。近代宁波钱庄业讲究稳健经营、信用为本,因此宁波在金融界素有"多单码头""信用码头""过账码头"之称。

弱弱地问一句:现在的微信支付、支付宝结算,也算过账制度吗?

266

我来归纳一下,"宁波帮"有两次较大规模的海外创业史:第一次是在19世纪末,一批宁波人为生活所迫去海外谋生,人称"三把刀子闯天下",即裁缝刀、厨刀和理发刀。他们含辛茹苦,从下层劳动者做起,日积月累,把自己的事业一步步做大。第二次是20世纪40年代前后,宁波商人没有守成享福思想,他们有了钱便立即投入更大的事业,披荆斩棘,奋力开拓,硬是在陌生的他乡开拓出一片片属于自己的天地,秉承老一代在上海滩创业的"宁波帮"基因,又一代"宁波帮"握住了接力棒,在香港、台湾等地创业。

新老交替很完美!出现了"世界船王"包玉刚、"影视大王"邵逸夫、"棉纺大王"陈廷骅、"毛纺业大王"曹光彪、"钟表大王"李惠利、"中国围棋之父"应昌期。"邵逸夫星""王宽诚星""曹光彪星""李达三星"已在浩瀚的历史银河中闪烁,其光芒照耀着一代又一代的"宁波帮"谱写辉煌历史。

267

鸦片战争后,宁波来了不少蓝眼睛、红头发的洋人。这些洋人,宁波人习惯上称他们为"红毛人",于是为"红毛人"做衣裳的那一帮裁缝,就称为红帮裁缝。

红帮裁缝开设了中国第一家西服店,制作了第一套西服、第一套中山装,编写了中国第一部西服专著,开办了中国第一家西服工艺学校。宁波人挺会总结,夸红帮裁缝创建了"横滨港习艺、上海滩成名、京津城引领、东三省跨越、沪宁线延伸、大武汉创优、大西部倾情、东南亚拓展、港澳台溢彩、三江口奉献"十座丰碑。

268

宁波人敢说敢做,敢于吃螃蟹,敢为天下先。宁波商人朱葆三、虞洽卿在1909年集资创办的第一家新型航运公司——宁绍商轮公司,创办之初,就敢与英商太古公司和法华合资的东方公司相抗衡。

1916年,孙中山先生在宁波发表演说,开篇直言:"宁波风气之开,在各省之先。"

269

中国传统文化讲求"信",人无信不立;讲究"诚",以诚待人。中西文化兼容并蓄的宁波人,在与人交往中十分遵守诚信原则。宁波旧俚:"天下之主,不如买主。"宁波人在商业经营实践中视顾客为"衣食父母",其商业传统是:待客如宾,不管新老,端凳请坐,敬烟献茶;货款不足,派人跟取;携带不便,送货上门;买错货物,允许调换。宁波人做生意很注重服务,以诚信赚钱。这和宁波人的儒气不无关系。

270

"宁波帮"的血脉中,不断交融着城市的文脉和商脉。

著名作家巴人所说的"东门外大街上商店里传出来的算盘声,各个中等学校里传出来的朗诵桐城派古文的读书声,外加半边街上那鱼行里的鱼贩的叫卖声"这三种声音,就是这座城市半商半文特色的最生动表现。

"宁波帮"就是在这样绵绵不绝的文脉与商脉中形成并发展起来的。

它承接了山西的票号业务走向银行,承接了徽州商帮的土产业务走向城市,承接了广东商帮的外贸业务走向现代,成了一个全能型的商业团体。

271

中华人民共和国成立前的宁波工业,俗称"三支半烟囱",即和丰纱厂、太丰面粉厂、永耀电力公司和通利源榨油厂。中华人民共和国成立后,宁波陆续建设了针织厂、化工厂、硫酸厂、卷烟厂等,这些工厂基本都在江东北路沿江一带。随着市场化和城市化的加快,这些工厂破产的破产,转制的转制,搬迁的搬迁,江东北路逐渐被高级住宅、写字楼和公园所填满,宁波的工业也逐渐转移到城郊区域和乡镇。一批批民营工业企业逐渐崛起,各乡镇都活跃着一批民营小厂,它们构成了宁波外贸工业的主力军。而当年的老板和民工似的,为了跑业务、赶订单,天天泡在工作上,恨不得二十四小时工作。广交会的日子里,宁波老板们为了省钱挤在破败的小宾馆里,吃着方便面、茶叶蛋、榨菜丝,畅想着美好的未来。

272

宁波人的消费能力不能小看,本地房价早在 2009 年、2011 年就持平杭州、远超苏州,城市的总体消费能力并不弱。但宁波人除了吃海鲜以及买房买车的大手大脚,对待其他的消费还是有点抠的。晚上九点,主要商圈和大街早已空荡荡,虽然有提倡"月光经济"的,但核桃味的瓜子终究不是核桃,效果是:只见月光,未见经济。所谓的城市后花园——东钱湖,只有周末才有游人,乃至南塘老街每逢双休日及节假日,整条街拥挤不堪,而平常日子,甚是寂寥。

这是因为宁波多的是富豪和产业工人,而缺少中产和白领,所以导致消费水平、第三产业与城市等级不配。宁波人的消费特点,从买房子可以看出:冒进时,比别人冒进,一朝被蛇咬之后,保守起来,比人家还保守。这也解释了为什么在改革开放的前半程,宁波的经济能够领先,而到了改革的攻坚阶段,有点裹足不前,不少企业家脱实入虚。

273

物欲越是膨胀,文化越是珍贵。一座城市的持久吸引力,不在林立高楼,而在文化矿藏。宁波文化矿藏的丰富与不凡,在于这里是海上丝绸之路的始发港之一,中国大运河的出海口之一,金融史上中国钱庄发源地之一,海运史上中国造船和航海事业的发源地之一……可以说,宁波是整个中国文化经络中一个很关键的穴位。

274

二十多年前，"王朔侃，崔健喊，人人都要当大款"。全社会人人缺钱，人人想钱，人人找钱，下海成为各界使用频率最高的词语。下海的标志就是开公司，宁波大小公司如雨后蘑菇，漫山遍野。

整个城市刚刚从睡梦中醒来，忽然发现，原来盖个工厂就能发财，开个小店就能赚钱。于是，没人愿意待在单位吃着国企的饭，守着公务员的工资；能走出体制就下海经商，能开公司就绝不做小本生意。招聘会上，既有众多民营企业，也有许多政府机关招兵买马，求才如饥似渴，堪称"宁波速度"。这几年，宁波开始变慢了，修个路很慢，造个桥很慢，一条中山路就修了八年。

275

不要以为宁波商人统统跑去上海南京路开南货店，宁波本地也有南货六大家：大同、大有、董生阳、方怡和、昇阳泰，还有江东怡泰祥。以前"大有"和"赵大有"两块招牌，时常被混淆，前者卖南货，后者做糕团。旧时，住在宁波山区偏远的农民，难得进回宁波城区，偶尔进城，都要跑到"赵大有"的店里，以吃上几只水晶油包为荣。城里人用"乡下人吃油包，背脊烫只泡"调侃乡下人没见过世面，手拿油包，只顾抬头东张西望，一不小心，滚烫的猪油馅就顺着嘴角流到了背脊上，烫起一个大水泡。调侃得不免有些夸张，但水晶油包的馅丰料足、受欢迎程度，由此可窥见一斑。而今"大有"南货店销声匿迹，"赵大有"的名气倒是越来越大了。

276

宁波的人情往来不少,七大姑八大姨凑到一起,请客、办宴席的理由也蛮多的:搬一次家喝"进屋酒";生了孩子要喝"满月酒";离职了要喝"打散酒";结婚订婚的就更不用说了;子女入学要办入学宴;毕业要办谢师宴。有人情往来,就会时不时地收到"红色炸弹"。

宁波人尊师重教的风气很盛。想办场谢师宴和入学宴,讲究一点的人家,首先想到的是"状元楼"和冰糖甲鱼。甲鱼头代表着"鳌头",寓意长辈希望子女学业有成,能"独占鳌头"。数百年间,宁波老字号饭店——"状元楼",几经存废、迁址,终究没有离宁波人远去。它的冰糖甲鱼始终是土生土长的宁波人挥之不去的记忆,即使在江湖上销声匿迹很久,还会有人挂念。可以说"状元楼"做到了开饭店的最高境界!

277

我小时候,最喜欢和大人去宁波"源康"布店,每次买布,就可以看营业员演杂技,每次都看得很过瘾。

顾客选好布,营业员开好票,用铁夹子将小票和钞票夹好,通过铅丝"哗啦"一声传到收款员面前。忙的时候,头顶上只看到一根根铁丝上飞来飞去的铁夹子。账台设在贴着天花板的最高处,收账人坐在里面,一抬头取下铁架子上的小票和钞票,在发票上很响地盖章,震得门口都能听见,然后把零钱和发票夹回铁夹子上,一用力"哗"一声又甩回去。如今老字号的"源康"布店照常营业,可惜营业员这收款杂技的绝活失传了。

278

俗语说:"遍地徽州,宁波人跑前头。"尤其在开埠通商之后,宁波商人足迹遍遍天下,获利既厚,顾家也必丰,而风俗奢华,饮食尤为考究,一饮一啄间,升腾市井烟火,常取三眼大灶,两眼风炉,燥饭三餐,点心两道……城内酒馆饭店林立,口腹之欲,并驾苏杭。"东福园""状元楼""梅龙镇"等老字号酒楼星罗棋布,人来人来,喝三吆五,上演着喧哗与纸醉金迷。

不过,上面的描述俱往矣,现在的"东福园""梅龙镇"也学着杭州的"外婆家"的套路,让客人拿笔在菜单上画圈,让人总觉得是吃"快餐"的节奏。话说回来,现在的顾客,有几个肯像以前一样,吃个冰糖甲鱼能耐心等上一个钟头。倘若十分钟不上菜,必定大呼小叫地喊服务员。

279

物资匮乏的年代,关于零食的印象,十有八九都离不开"宁波第一副食品商店"。它承载宁波人的集体回忆。带有计划经济味道的"一副"曾是浙江省内最大的副食品商店,为宁波百姓购买烟酒、糖果、糕点等的首选之地。

"一副"糖果蜜饯柜台,是孩子们做梦都想去的地方。宁波城里的第一颗大白兔奶糖,最畅销的话梅糖和椰子糖,都是从"一副"柜台卖出去的。孩子们最向往的,是一颗可以吹出泡泡的口香糖,会被那股魔力深深吸引。陈列的裱花蛋糕,总是吸引着一群儿童,经常看到耍无赖的孩子,围着玻璃柜台不肯走,大人硬拽都拽不走……那些年,在"一副"二楼烟酒专柜的国产茅台酒可开瓶零售,一杯要价六元;洋酒白兰地、红葡萄酒五元一杯。许多宁波小青年觉得新奇,偶尔发兴"耍派头",就买一杯茅台酒,慢慢品尝,酒香弥漫,周围的不少顾客围过来,投以羡慕的眼光,啧啧声起。

生意最火爆的时节要数过年前后,瓜子、椒盐小核桃等各类炒货限购,牛皮糖、芝麻糖和大白兔奶糖经常断货,很多东西都凭票购买。在"一副"做营业员,是一份令人眼红的工作,比如今的考公务员还难。

280

看过鲁迅《阿Q正传》的人都知道,阿Q一直想着将赵秀才家的"宁式床"抬到土谷祠。阿Q的"宁式床"情结,浙东人都理解。在很长一段时间里,宁波人打造的"宁式床"一直是豪华与金贵的代名词。三进的宁式床犹如一间大房子中又套了一间小屋子,走上八步后才能走通,床里梳妆台、点心盒,以及马桶等生活用具一应俱全。床内床外犹如一座小型的宫殿。又因造型考究、做工精美、工序繁复,被称为"千工床"。宁波工匠的手很巧,喜欢慢工出细活,又是"千工床",又是"万工轿"的,更不消说那些迎神赛会、灯会上的雕花木船、鼓亭、台阁……

281

鸡年春晚,姜昆宝刀不老,又直接掉老虎洞了,其作品的精彩程度直追当年的《虎口遐想》。结果姜笑星一语成谶,当年大年初二,宁波动物园真有人"掉进老虎洞"了,很不幸的是宁波雅戈尔动物园不是春晚舞台,老虎也没给任何人面子:这位不速之客,死于虎口。"宁波虎咬人"引发的各种讨论、思考淹没了鞭炮声,不过,罹难者已逝,留下的不应该是抱怨、谴责、争吵,而应该是警醒、责任、行动!

282

有一阵子,宁波人和著名财经女侠叶檀"杠上"了。叶檀来宁波做了个演讲,顺便给宁波号了个脉,指出了宁波当下的"尴尬",直言宁波是隔壁家没落的素颜小妹,是一个"不上不下"的城市。听了这话,宁波人跳出来不干了,心底里都是愤愤不平的。

长三角地区的城市,底子都不错,基本都是明星班底出身,而就目前宁波发展的现状,接连有人写了《宁波被抛弃了吗》《灯下黑与双城记》《宁波:衰落还是崛起》,看得人心烦,却切中了当下宁波遇到的问题:发展瓶颈、创新乏力、地位沦陷。眼看着周边的舟山群岛新区等一个个冒出来,宁波人喊出了"人不自弃天难弃"的豪言壮语。说实话,谁也抛弃不了宁波,宁波更没有被谁抛弃,"六年攻坚、三年攀高"的号角已经吹响。

283

　　宁波的街头，不乏一群戴红帽、穿马甲的志愿者。周末早上七八点的时候，你可能还在睡懒觉，或者正准备出门去郊游、会朋友，然而在天一广场，在火车站，飞机场，早早就有一群志愿者在行动。这些志愿者每天一早就上岗，在人流密集的"城市窗口"区域，像辛勤的啄木鸟一样对不文明行为实施流动劝导。

　　从文明出行志愿者，到奔波在老小区里的助老志愿者，到潜伏在公交车上的"反扒"志愿者，到穿行于海边江边的生态环保志愿者，到

宁波街头的志愿者们

往来山区、海岛等贫困地区的助学志愿者,这座城市里,志愿者无处不在。在全国拥有地方立法权的城市中,宁波第一个完成对志愿服务的立法,第一个进行志愿者信息化管理,建立了全国第一个青年志愿者行动基地、全国第一家专业的志愿者培训学院、全国第一支专门针对外来务工人员的志愿者队伍⋯⋯

因为有了这些乐于奉献的志愿者,宁波荣膺全国文明城市"五连冠"。

284

水深,上海港的短处,宁波港的长处;腹地,宁波港的短处,上海港的长处。你来我往、犬牙交错,水深和腹地一直是两港博弈的焦点。近代开埠之后,上海港依托强大的辐射能力,生生把宁波港逼到浙东的墙角。2005 年底,"宁波—舟山港"作为新概念正式启用,历史上宁波、舟山本是一个整体,而如今一体化后的新港口正在迸发出惊人的活力,货物吞吐量已经连续多年超过上海港,稳居全国首位。

2016 年底,宁波—舟山港吞吐量破 9 亿吨,居全球第一。《人民日报》在头版刊发图片新闻时,漏掉了"宁波"二字,写成了"舟山港成为全国首个 9 亿吨大港"。这下不得了了,宁波人敏感而又骄傲的小心脏有点受不了⋯⋯如果把长江经济带比作一条巨龙,那么这条巨龙的"龙头"是上海,那只"龙眼"则是宁波—舟山港——写稿子的记者要留心哦。

285

G20峰会,将杭州推向了世界舞台的"风口",世界瞩目杭州,风光无限。而在浙江省内曾经有过"双子星"格局地位的宁波,相形见绌,有那么点黯然失色。看着距离自己不到两百千米的杭州有阿里巴巴这样国际巨头的崛起,连带阿里系一片创业公司、新兴产业的兴起,冒出了蘑菇街这种"独角兽",宁波人挺眼红的。如今,宁波怎样与杭州唱好"双城记"?如何与杭州错位、协同发展?宁波自身又如何把握机遇,实现跨越式发展?上到政府,下至茶余饭后的百姓,这些一下子成了热门话题。他们坚信:要不了多久,作为浙江一体两翼之一的宁波,一定可以与杭州比翼齐飞。

286

宁波不大不小,宜居宜业;宁波人的生活节奏不紧不慢,喧静有度。即便厌烦了工作的繁忙与生活的琐碎,索性翘班出走,也只需要一小时的车程便可领略周遭的山山水水,总能在城市的拐角处寻觅到一间有感觉的咖啡屋。

宁波时常在一、二线城市之间徘徊游荡,基本没有一线城市的躁动与不安,但也无法掩饰其明亮的色彩;这里不会漂着北上广不相信的眼泪,创业青年一到来就能感受到它的热情。虽然没有航空母舰般的企业,老百姓却处处享受着改革开放的红利。然而,有爱也生怨:拥有如此好的地理区位,理应可以有更好的发展;拥有如此优异的禀赋,应该获得更多的机遇;拥有如此深厚的人文底蕴,散发的光芒却不够耀眼。

　　点点滴滴,唠叨几句后照旧疼爱,因为对这片土地,难以割舍,爱得深沉。